與你相約在未來的七月雪

五十嵐雄策
YUSAKU IGARASHI

Contents

序章 005

第一話　「人魚之夢」 019

間章①　「輪迴夏日」 109

第二話　「七月雪」 113

間章②　「編織成夏」 213

終章 219

與你相約在未來的七月雪

五十嵐雄策

❄ ❄ ❄ ❄

不希望那個人死掉。

沒有那個人的世界，簡直是失去色彩的黑白世界。

所以……我決定許下「願望」。

傾注祈禱於藍光中，釋放出「願望」。

為了那個人——為了要救ｘｘｘｘ。

為了解放不斷輪迴的心意。

為了讓大家能一起去看「七月雪」。

為了做到這些，我付出任何代價也在所不惜。

❄ ❄ ❄ ❄

序 章

❄ ❄ ❄

天空灑下的強烈日光將周邊景色染成一片白。搭乘電車好一段時間後，突然走出室外，讓我的視線前方出現光暈現象，一瞬間，鎌倉車站前的景色朦朧得彷如夏日幻影。好像不只是這個城市，整個世界都在白日夢中淡淡下沉一般。

我心裡想著「要是真的是場夢就好了」。

想著「要是一切全是人魚的夢境，醒來後全都歸零就好了」。

當然，我自己最清楚這一切只是幻想，這一年來，我已經幻想過無數次這類想像了。

站前人潮眾多，相當熱鬧。觀光客、當地民眾、一家大小或是朋友結伴成行，大家看起來相當開心，滿臉笑容。看見這幸福的光景，讓我胸口一陣抽痛。

我問自己：「為什麼要回來這裡呢？」這個城市裡有太多回憶，這些回憶之於現在的我，像是吸飽水的蠶絲，動輒用著無法察覺的速度，緩慢也確實地勒緊我的喉嚨。

自那天以來，像遭驅逐般地決定到東京工作，大學畢業的同時，如逃亡般離開這個城市。父親打電話來，要我把放在老家的東西拿走，其實，我根本不需要多加理會，要不然，也可以拜託父親郵寄，或是請父親隨便處理掉，反正有無數應對的方法可用。

之所以無法這樣做，代表這個城市還是對我有特殊意義吧。

即使悲傷也無法忘懷，即使難以正視，也無法視而不見。

對我來說，這個名為鎌倉的城市，我度過高三到大學畢業整整五年歲月的城市，就是這樣的地方。

穿過熟悉的小路往前走，這一帶多是稱為「谷」的山谷地形，所以鎌倉屬於夏季較涼爽的地區，雖然如此，在七月盛夏中，也發揮不了太大作用。我抬頭看眼前陡峭綿延的坡道，擦拭從額頭流下的汗水。

花費十分鐘爬上坡道頂端，我家就在眼前。

拉開現在也少見的霧面玻璃拉門進到屋內，父親前來迎接我。

「好久不見。」

「……啊。」

睽違一年不見，父親的白髮看似增加不少。只聽電話中的聲音還不太有感覺，但在此刻，我深深感受一年是一段不短的歲月。

「……你有好好吃飯嗎？」

「別擔心啦，我從大學起就這樣，早習慣自己煮了。」

高中畢業後馬上離家生活，家事大概都能應付。父親聽到我的回答後，回一句「這樣啊」，便不再追問。我早明白，他並非對我的近況有興趣才提問。

「然後，你說什麼東西？」

當我開口詢問我回來這裡的重點時，父親無言地伸手指向二樓。

那是昔日我的房間所在之處。

爬上樓梯，走進我原本的房間，留在房裡的是各種貝殼及玻璃碎片等東西，那是尋寶時找到的一部分，我小心翼翼把它們包在帶來的毛巾中，放進包包。

之後，又和父親稍微聊一下天，雖然幾乎只是我單方面說了自己在東京的生活近況。乏味的內容聊起來一點也不熱烈，但與過往相比，已經算得上能普通對話了，這大概表示自己和父親年紀都大了吧。

因為沒打算久留，事情辦完後，我留下一句「我再打電話給你」便離開老家，父親也沒留我。

鎌倉，是個由許多東西混雜而成的城市。

往北走有源氏山及鎌倉山等山脈，稍微往南走，就可以走到由比濱及材木座等各知名沙灘。站前有鬧區及商店街等，相當熱鬧，另一方面，只要走出繁華街區，就來到綠意盎然的寧靜住宅區。除此之外，寺社、史蹟眾多這點也為眾人所知，有鶴岡八幡宮、長谷寺、極樂寺等頗負盛名的寺社。

而寺社數量多，也表示墳墓數量多。

走出老家後，我接著要前往其中一處。

循著山間小路往前進，有個小小的寺廟，寺廟的一隅，有一個供奉著全新花束的小小墓碑。

那裡……是她和她祖母的長眠之地。

「……我來了。」

第一次以這種形式來到這裡。

這一年，儘管心中想過無數次得要來一趟才行，卻一次也沒能踏入。

理由很簡單。

因為害怕面對刻著她名字的墓碑。

感覺只要面對，等於承認她已不在世上，感覺現實會就此改寫我已變成孤單一人一事。全是我的錯，她才會喪命。

右手握住藏在口袋中的字條，她的字在上面寫著「不管我發生任何意外……小透，你都要活下去喔」。這段話，牽制著我無法去找她。

身旁的樹枝隨著海邊吹來的強勁海風搖擺。

聽見乘風而來的鳥叫聲。

純白日光照射下，墓碑顯得朦朧飄渺，讓我有種做白日夢的不真實感。一隻黑貓彷彿像是嘲弄我一般，從我腳邊走過。
沒什麼大不了。
我至今依舊在逃避，逃避她已死的現實。

口袋中的手機突然發出震動，讓我回過神。
接起電話，來電者是仁科。
『嗨，我聽說你回來這邊了啊。』
「……啊。」
『幾年沒回來了啊？真是的，不管打電話還是傳訊息，你從來沒回過。難得回來，要不要一起去喝一杯？聽說那家店現在還開著喔。』
「不好意思……」
聽見電話那頭傳來嘆息：
『……不是不懂你的心情，但現在不正是好好做了結的時候嗎？聽說你租的房間還是維持原樣，房租也是一筆不小花費吧。你也該適可而止——』

「……」

我無法繼續聽下去，默默掛斷電話。

腦袋很清楚仁科說的沒錯，很清楚自己早該適可而止，該往前看了，也清楚他很關心我。

但是……我的心還沒有辦法跟上理智。

我覺得夏天是很不可思議的季節，既是個感受強烈日照及各種生物旺盛生命力的季節，同時也是有盂蘭盆節和許多鬼故事等讓人感受死亡的季節。

夏蟬在身旁樹木上吵鬧地大聲鳴叫，大概是日本暮蟬吧。彷彿要向世人宣示牠們旺盛的生命力般高聲鳴叫，但在七天後，牠們會全數死亡，無一例外。

太陽幾乎已經西沉，身邊染上一片橘紅。在黃昏包圍的景色中，我正朝著鎌倉海濱公園附近的由比濱海岸前進。一到夜晚，那帶海域的夜光藻會發亮，彷彿是大海散發出藍色光芒。我們倆把那裡稱為「人魚海灘」，常常結伴前往。

沙沙海風在海邊吹拂。

看著太陽漸漸下沉，我心裡想著「不知何時出現在那的廢船、被打上岸的大型流木、隨著海浪來到這的貝殼及玻璃碎片，一切皆與一年前無異。改變的，只有我和我身邊的事物。」

等到太陽完全下沉後，沙灘也拉下夜幕。

海中慢慢出現的點點藍光，如同螢火蟲散發出的光芒，與周遭的明亮成反比。夜光藻的藍色光芒閃耀於浪頭，而在這片夢幻的大海之上，繁星與銀河就像與藍光競爭般，滔滔流動。

她說，這片藍色光芒是願望，是許多人的願望群聚後在此閃耀光輝。她有點愛做夢、愛幻想。在我說那不過是夜光藻群聚而已，她邊苦笑邊鼓起雙頰對我說：

「真是的，小透一點夢想也沒有耶。」

那真的是願望嗎？

我也不知道實情為何，但在我眼裡，那藍色光芒彷彿像人類靈魂，是無法前往死後世界而留在這個世界上的眾多靈魂。如果是如此，她也在這些光芒當中嗎？或者，她早已不在這，前往不知在何處的彼方了呢。

她曾說過的話突然在我腦海中響起：

「這個場所啊，有個很不可思議的故事喔。以前、很久很久以前，大海被藍色光芒籠罩的夜晚，有個人魚不小心在這邊被漁夫的漁網網住了。但是，心善的漁夫救起人魚，放她回去大海。人魚獲救後，為了感謝漁夫，實現了漁夫一個願望。在那之後，傳說只要在這片大海閃耀藍色光芒時誠心許願，願望就會實現。」

這種傳說肯定是假的。

不過只是個配合這片景色創作出來的民間故事而已。

如果真的可以實現願望，我想要許的願望僅僅一個，但那是個絕對不可能實現的「願望」。

我的腦海中再度浮現她曾說過的話：

「這世界上沒有絕對不可能，就像『七月雪』一樣。」

這是她的口頭禪。

每當我回答「這世上怎麼可能下七月雪」，她總會豎起食指，像老師教訓不受教的學生般說：

「有。有在七月下的雪。」

接著，又如此說：

——將來有天，我會帶你去看「七月雪」。

❄

眼前一片黑暗。

我的視線像染上黑墨，什麼都看不見。

不過，我可以聽見聲音。

那是這世界上最重要、最無可取代的聲音。

「……別……拜託……小透……！……眼……睜開……！」

我聞到四周充滿汽油和地面燒焦的噁心臭味。

我已經無法思考到底發生什麼事情。

腦袋昏沉，意識被黑暗侵蝕。

但是只有一件事我很確定。

啊，原來是這樣啊。

我就要……死掉了啊。

第一話　「人魚之夢」

1

第一次遇見她，是在七月的沙灘上。

那是彷彿完全燙熟的，炎熱、炎熱夏日的沙灘。

放學後，我無所事事地在由比濱海灘上閒晃。

周遭有人在釣魚、有人在游泳，也有人在衝浪。但我對所有活動都沒興趣，只是漫無目的在海灘上走來走去。

不是有目的才到這裡來，只是因為沒事可做、無處可去，才來這裡晃，單純因為不想回家才來耗時間。

漫無目的沿著海浪邊緣散步，腳下細沙受海浪沖刷後呈現不可思議的圖樣，不知名的螃蟹爬過我那幾乎要消失的足跡。

從東京搬到父親老家的鎌倉來已過兩週，我仍無法適應這個城市的生活。

生活型態沒有巨大變化。鎌倉位於神奈川縣的南東部，從東京搭電車過來也僅有一小時的距離，家裡附近有超商，走到車站前也有咖啡廳及大型書店。雖然手機訊號有點微弱，但電視上播放的節目幾乎與東京無異。

改變的是我身邊的環境。

母親離家，父親開始不去工作。

他們夫妻感情本來也沒多好，母親在外遊蕩好幾天不回家早已是家常便飯，父親則對母親百依百順。所以我也覺得，離婚是無可奈何，那是當事人的意願。但我對正式離婚後，至今仍無法接受事實的父親感到無比厭煩。

大概是我散發出厭世氛圍吧，轉學到新高中後也遲遲無法融入大家。

好聽一點是和同學們之間有一道牆，難聽一點就是完全格格不入，大概就是在六月轉學的不符時節轉學生，轉學後生活往負面發展的類型吧。唯一慶幸的是，似乎沒有被討厭，只不過，也沒有同學願意主動親近交談。

因此，放學後找不到人和我到處晃，我才會這般單獨默默消磨時間，但我本就不善社交，所以也沒感到特別寂寞。

從沙灘這端，勉強可以看見另一端。

小時候，祖母常帶我到這裡來，當時覺得這個海灘要更加寬闊。無限延伸的黃白沙景，讓人感覺似乎是延伸到世界盡頭。肯定因為我變得不一樣了，才不再有相同感受吧。

我邊這樣想邊抬起頭，眼前有個大型漂流木。

常有漂流物漂到由比濱沙灘上，小從放著瓶中信的小瓶子，大到活鯨魚，各種東西都有，所以漂流木不是什麼稀奇的東西。

除了那個漂流木上，有位身穿制服的女孩在哭泣。

大概和我差不多年齡吧。她的及肩秀髮隨風飄逸，她低著頭，無聲抽噎著。話說回來，那身制服是我就讀高中的制服。再加上，我對那張就算有點距離，也能辨識出明顯特徵的臉孔有印象。

那應該是——同班同學的水原夏。

個性開朗、和善，總是身處班級中心的少女。她的笑容彷彿綻放於向陽處的向日葵，只是站在那裡就會染上色彩一般讓氣氛變得完全不一樣。正如她的名字一般，她給人夏天般的印象。在我轉學過來後，她也曾經和我打過兩三句招呼，僅此而已。

那個水原夏，現在在哭。

像弄丟重要物品的小孩，絲毫不理會周遭眼光，獨自流淚。

那張表情，和我在教室裡看過的完全不同。

猶豫幾秒後，我打算當成什麼都沒看見默默離開。感覺她似乎有什麼複雜的苦衷，而且水原同學應該也不想讓不熟的同學看見她那副模樣吧。

下定決心後，我放低腳步聲準備轉頭離去，就在那個瞬間。

水原同學突然抬起頭，恰巧和我對上眼。

「……」

「……」

她驚訝睜大她那雙彷彿要將人吸入其中的琥珀色大眼，直直盯著我看。

她可能不記得我是誰。最後一次和她說話是兩週前，不是我自豪，我也不是個有什麼存在感的人。她可能對我毫無印象，但這個希望立刻被擊碎。

「咦……你確實是……？」

水原同學眨眨眼後接著說：

「嗯，是相川同學，對吧？」

「是相原。」

「啊，對不起。」

「不會……」

就這樣，我們兩人都沉默了。

老實說，實在有夠尷尬。

一個是不小心目擊對方哭泣的畫面，另一個則對連對方的名字也沒記起來感到愧疚。

水原同學像是要改變沉悶的氣氛開口：

「那個，相原同學——你在這邊幹嘛啊？」

「沒幹嘛，散步……吧。水原同學呢？」

「我……」

我才說出口，心裡立刻想著「糟了」，提出這個疑問後，一定會提及她在哭泣的事情，根本就是自踩地雷啊。

她會怎麼回答呢？

會一臉老實說出一切嗎？或者隨便應付我呢？

但是，從她口中說出的回答，完全超越我的想像。

「我……是在尋寶吧。」

「尋寶？」

她邊環視沙灘邊說：

「嗯，沒錯。要是能找到好東西就好了。」

是指她在這邊找什麼東西的意思嗎？我不明白她這句話的意義。

她看見我不解歪頭後繼續說：

「既然被你發現了，那你也要來幫忙喔。」

「我？」

「要不然還有誰？」

「幫忙是指，幫忙尋寶？」

「嗯，沒錯。」

她邊點頭邊站起身，露出平常在教室裡常見的笑容說：

「因為這邊，有非常多海神給的禮物沉睡著呢。」

她口中的尋寶，就是撿拾掉在沙灘上的東西。

我剛剛也曾提到，沙灘上有許多被海浪打上岸的漂流物。其中的貝殼、石頭、漂流木、珊瑚及玻璃碎片等等的就是她尋寶的主要對象。

水原同學邊撿起腳邊的貝殼邊說：

「這種行為又名海灘淘沙喔。收集被海浪打上岸的漂流物，裡面有許多不同的東西，非常有趣唷。」

「收集那個要幹嘛？」

「唔，很多吧。拿來觀察或做成標本，也會加工做成可愛的小東西或是雜貨之類的唷。」

「這樣啊……」

這也算是一種興趣嗎？我從以前到現在，來過海灘無數次，但還是第一次聽到這個名詞。

水原同學撿起被拍打上岸的貝殼，拿給我看：

「這是玻芬寶螺，是寶螺貝類的一分子，特徵是表面像陶器一樣光滑。給你，不覺得摸起來很舒服嗎？」

「那這個呢？」

「嗯——這個叫初雪寶螺，聽說是貝殼的花紋看起來很像雪花，所以被如此命名。」

「這樣啊。」

我們兩人走在海浪邊緣，撿拾各式各樣的東西。

海灘淘沙令人意外地有趣，水原同學說這是尋寶，真是絕妙說法。從許多漂流物及海草當中，找到色彩鮮艷的玻璃碎片時，我的心中如孩童般雀躍。

平時沒特別在意的小貝殼也確實有自己的名字，這也讓我感動，剛剛看到的螃蟹，肯定也有很棒的名字，只是我不知道而已。

就在我浮現這種想法時，她突然朝著我這邊揮手大喊：

「啊，相原同學，快點過來，來看這個！」

「？」

「你看，很厲害唷！」

水原同學手上拿著一個大型蠑螺，大到完全超出她小小的掌心，幾乎可拿來當成小型的醃漬用重石了。

「你應該聽過把貝殼放在耳邊，就可以聽見浪濤聲的說法吧。你有試過嗎？沒有對吧？試試看、試試看！」

「……那種事情，一般來說應該要拿個更可愛的貝殼來試才對吧？」

「相原同學是會因為可愛不可愛就歧視貝殼的人嗎？」

「什麼，沒、沒有那回事……」

「那不就得了，別在意細節，貝殼大概都一樣啦。」

我邊在心中吐嘈「應該不是都一樣吧，也太隨便了」邊坐下，在我坐下後，水原同學看起來很開心地拿起蠑螺往我耳朵上貼。

「對吧，可以聽見海浪的聲音對吧？」

「是聽得到啦。」

我環視四周，要是在這個地方還聽不見海浪聲，趕快去耳鼻喉科掛號比較好。

「真是的——不是那樣啦。不覺得可以從貝殼中聽見海浪聲嗎？好像蠑螺在唱歌一樣。」

聽她這樣說，我側耳傾聽，確實聽見從貝殼深處傳來「嗡」的低音。與其說是海浪的聲音或是蠑螺在唱歌，更像在海底的聲音。

當然不曾潛入海底過，但這聲音讓我覺得，實際潛入海底後，肯定會聽見這個聲音。很深、很深，靜靜深入胸口深處的聲音。

我說出自己的感想後，水原同學笑著說：「海底啊——你這話真有趣呢。嗯，說起來確實如此也說不定呢，蠑螺在海底唱著歌。」看來，她似乎非常堅持蠑螺在唱歌這點。

「聽說沒有人知道，為什麼把貝殼貼在耳上會聽見聲音呢。」

水原同學繼續說：

「一種說法是貝殼捕捉周遭空氣的頻率，也有說法是可能是聽見握著貝殼的手的血流聲，還有一種說法是心跳聲傳到貝殼上讓人聽見。但我絕對支持貝殼唱歌的說法，嗯，這點不想退讓啊。」

姑且不論水原同學的堅持為何，只是從這些說法中思考，我現在聽見的或許是她的心跳。

時間早過下午四點，但日曬沒有絲毫減弱跡象。太陽的溫度調節功能像是壞了，釋放刺痛肌膚的白色陽光。浪花淘淘的水面反射白光，如三稜鏡般閃閃發亮。偶爾會在浪頭看見小小的黑影，那是魚嗎？

「說起來，還是第一次像這樣和相原同學好好說話呢。」

她接著邊站起身邊說：

「我還以為你不太希望有人找你說話，所以多有顧慮。但完全沒這回事，很普通地好聊啊。」

「那是……」

我沒有刻意拒絕身邊的人，稍微反省了一下，原來自己帶給他人這種感覺啊。

「……我不是討厭有人找我說話。只是才剛轉學，還不太習慣而已。」

「是這樣嗎？」

「嗯。」

「這樣啊——那在學校裡也多聊聊吧。難得同班，不聊就太浪費了。」

「啊，嗯。」

在我點頭後，她直直地看著我說：「約好了喔！」那與夏日陽光相同耀眼的笑容，讓我不禁背過頭去。移往別處的視線，突然捕捉到某項物品。

「……咦，這是什麼啊？」

一個小貝殼漂在沖刷腳邊的波紋間，外型和剛剛才認識的寶螺一樣，但背上有一道類似淚痕滑過的模樣。

在我準備要撿拾時，水原同學睜大眼睛：

「那是……！」

「嗯？」

「那個是平瀨寶螺耶！嗯，絕對沒錯……！」

「？很罕見嗎？」

「很罕見！幾乎可說是稀有品中的稀有品了！就是真正的寶物啊，好棒，好厲害！」

她興奮地說著，用手心掬起貝殼。

那被形容成寶物的螺貝，貝殼上的水滴反射陽光，散發美麗光芒。

「原本在這一帶應該找不到才對，沒想到竟然如此輕易就找到了……該不會是人魚帶來的吧。」

水原同學說完後又接著嘆氣：

「好不甘心喔，我已經來這片沙灘一年以上了耶，一次也沒找到過。說不定相原同學有尋寶的才華喔。」

「才沒那回事。」

「不，絕對有！相原同學是寶物獵人。」

她緊緊握住我的雙手如是說。她的雙手溫暖又柔軟，彷彿夏天的熱度直接濃縮在她手上。

「相原同學，你接下來還有時間嗎？」

「什麼？」

「得回家才行了嗎？門禁很嚴嗎？」

我家門禁有跟沒有一樣。

說起來，就是因為不想回家才會來這裡，就算我不回家，父親也不會多說什麼吧。如果他會多說兩句，也不會出現今天這種狀況。

我點頭表示還有時間。

「太好了，那你接下來可以稍微陪我一下嗎？」

2

鎌倉是一個坡道很多的城市。

因為城市本身處於山脈與山脈間，所以四處皆有坡道。這個城市，過去曾是鎌倉幕府的據點，充分發揮它難攻易守的地形優勢，或許這個地形也對歷史要因產生影響吧。

水原同學的目標，就位於這無數個坡道的前方。

那是這附近規模較大的綜合醫院。

看她十分自然地走過大門旁的服務櫃檯，直接往二樓前進。

到底打算去哪裡呢？

當我詢問她後，她如此回答：

「嗯，去看我奶奶。」

「奶奶？她在住院嗎？」

「……嗯。」

她輕輕點頭回應我的問題。

是要來探病嗎？但我完全不知道她為什麼要我陪她來。

走廊相當明亮。

略帶黃昏色彩的陽光稍微穿過大窗戶，散發淡淡、朦朧的光暈。幾乎沒有醫院裡常有的消毒水味，我們每走一步，油氈地板也會隨之發出啾啾聲響。

水原同學的祖母似乎住在二樓最裡面的單人房。

「奶奶，我來看妳了喔。」

敲門進入病房後，一位老婦人正要從擺在窗邊的病床上坐起身。銀白頭髮、細如樹枝的手臂、圓駝的後背。她朝我們的方向看，露出非常高興的笑容：

「哎呀哎呀，小夏妳來了啊。」

那讓人安心、感到親切的笑容和水原同學有幾分神似。

「今天也好熱喔～害我滿身都是汗，但奶奶這裡總是這麼涼爽，真棒。」

「因為這邊在山丘上啊，或許多虧這裡很通風，所以不需要開冷氣也很舒適。」

「真好——我也想要住在這邊。啊，這位是相原同學，我的高中同學，我們剛剛還一起尋寶呢。」

「啊……初次見面，您好。」

話題突然轉到我身上，害我急忙點頭致意。

水原同學的奶奶帶著溫柔的笑容回應我這結結巴巴的問候：

「哎呀哎呀，你好，我是夏的祖母。」

水原同學的奶奶名字是「初」，是她父親的母親，正在這裡住院。

「我跟妳說喔，今天找到很稀有的東西，所以才想要拿來給妳看。」

「哎呀哎呀，是什麼呢？」

水原同學邊說：「嘿嘿嘿，妳可別嚇到唷。」邊從書包拿出包在手帕當中的平瀨寶螺。

「鏘鏘——妳看、妳看，是平瀨寶螺喔！而且完全沒缺角耶。」

「哇，還真罕見呢。」

水原同學像是自己的事情般，非常興奮說著：「對吧對吧？是相原同學找到的喔，很厲害對不對，沒想到他第一次尋寶就能找到這種東西呢。」

我在旁感到有點不好意思。

初奶奶說：

「平瀨寶螺也被稱為人魚之淚啊。住在深海中的人魚流下的淚水，隨著海浪搖啊搖地就會變成平瀨寶螺。因為人魚也是女生，所以果然還是比較喜歡男生吧。」

水原同學邊點頭邊說：「這樣啊，那不到我身邊來也是沒有辦法的啊。」接著肘擊我的腰，加上一句「你這個美男子——」我不知道該擺出什麼表情，只好別過視線。

病房裡相當整潔。

除了打掃得很乾淨外，東西也擺放得很整齊，但病房到處擺著看起來像私人物品的東西。從這充滿生活感的氛圍中，可以察覺初奶奶已經在這裡生活很久了。

「話說回來，這還是小夏第一次帶朋友來耶。」

「咦？」

初奶奶笑瞇皺紋滿佈的雙眼說：

「我已經在這裡住很久了，但好久沒這麼熱鬧了。」

「那是因為，就那樣啊。」水原同學吞吞吐吐說不出話來。

我隱約能明白她心中的想法，這是一個與日常生活完全分離的空間，帶象徵日常生活的同班同學到這裡來，不管從好、從壞的角度來解釋，都讓人不自在。

「啊，對不起啦。我沒有想要對這件事多說什麼，只是想著，小夏看起來比平常還要開心呢。妳看，妳那張臉和平瀨寶螺沒兩樣啊。」

「奶、奶奶……！」

初奶奶側眼看著驚慌大叫的水原同學，露出溫暖笑容。我雖然覺得尷尬不自在，同時也感覺舒心，肯定是初奶奶散發的溫暖氣息讓我有這種感覺。

那之後，我們又稍微聊了一下，才在初奶奶笑著目送下離開病房。

❄ ❄

走出病房時，太陽早已完全西下，周邊染成一片黑暗。

原本耀眼白皙的景色轉為深藍，明月高掛天上散發帶著淡藍的光芒，星星也開始閃爍，那三顆最為耀眼的星星大概是夏季大三角吧。鎌倉的夜空不如東京明亮，所以可以清楚看見星星。天空主角的更迭似乎與周遭樹木上的不眠夏蟬無關，牠們依舊大聲鳴叫。

「今天很謝謝你陪我來。」

水原同學抬頭看著天空說：

「我是奶奶帶大的，爸媽常常因為工作不在家，幾乎都是奶奶照顧我。所以我就想要盡量常去陪她，因為我爸媽現在工作還是很忙，也沒辦法去探望她。」

「這樣啊。」

看著水原同學和初奶奶間的怡然氛圍，也能知道她們感情很要好，她們兩人之間確實有羈絆吧。

只不過，我有一件事不解。

「水原同學，請問妳。」

「什麼？」

「妳為什麼要邀我一起去？」

就是這點。

水原同學似乎從未帶朋友去探病，那又為什麼會想要帶一個到今天為止都沒有記住名字的同班同學去呢？

她依舊看著天空，接著回答：

「嗯——為什麼呢？我也不知道。」

「什麼？」

「但是，就是突然有種『逼逼逼』的靈感，告訴我帶這個人一起去比較好。」

「逼逼逼……」

「我這方面直覺很準唷。」

她看著我，露出開心的笑容。

我又重複在口中念了一次「逼逼逼」這個狀聲詞，讓人有種不可思議的感覺。

「啊，還有啊，平瀨寶螺是相原同學找到的啊，果然還是得由找到寶物的人炫耀一下嘛，那個啦，最先報上名號是寶物獵人的特權啦。」

「是這樣嗎？」

不知為何，水原同學一臉得意地：「嗯，就是這麼一回事。」

接著，我們兩人轉頭互視，同時大笑出聲。

真的太好笑了。爽朗的笑聲從肚子深處湧出，完全無法抑止。兩人的歡笑聲，在街燈與星光交互閃耀的夜間街道中迴響。

我們互視歡笑一段時間後，水原同學毫無預兆地突然問我：

「相原同學，你有『願望』嗎？」

「『願望』嗎？」

「嗯，對，想要實現的『願望』。」

「……」

我也不知道。

小時候有很多願望。希望早上可以睡晚一點、希望考試能拿高分、希望可以買到剛發售的新遊戲。不過，與其說是願望，更感覺只是世俗的慾望。

「我也不清楚，或許沒有非常明確的願望吧。」

「我有喔。」

水原同學用非常肯定的語氣說：

「打從心裡想要實現、希望可以實現的『願望』。那就是對現在的我來說，無論如何都想要實現的願望。」

我心頭一震。

那張表情，和平常散發夏日風情的開朗笑容完全不同，認真、專注且充滿決心……我以前似乎在哪看過這種表情，在哪裡……

當我開口準備向水原同學確認這一件事情：「水原同學，我問妳──」

水原同學突然打斷我的話：「那個啊。」

「什麼？」

「嗯──我從剛剛開始就一直很在意，那個『水原同學』。總覺得好見外，好像陌生人一樣，叫我小夏就好了啦。」

「欸，但是……」

我們變得比較熟悉也不過幾小時而已吧，坦白說還是陌生人也沒錯啊。

她豎起食指往不知所措的我面前指：

「不管了，就這樣決定。相原同學的名字是什麼呢？」

「透……」

「那我就叫你小透，這樣就兩不相欠了對吧？」

我覺得應該不是這麼一回事。

但是，她大概是已經擅自決定用這種稱呼了吧，「嗯嗯」地大力點頭。

「你要是不叫我小夏，我就不會理你喔——」

她看著我，露出一個惡作劇笑容。

天空像是看著我們忍住不笑，淡藍月亮和白色星星散發著溫柔光芒。

❄ ❄

❄ ❄ ❄

那是我和她一起度過的第一天。
她總是面帶開朗笑容，讓人不禁聯想到她名字的夏日。
但不僅僅只有如此，她似乎也有不為人知的陰霾。
大概，我從一開始就受這樣的她吸引吧。
當時撿到的蠑螺和平瀨寶螺，現在還是我的寶物。
彷彿將少女的淚水倒映在背上的平瀨寶螺，但在我眼中，那深具特徵的模樣不像是少女的眼淚，反而像其他東西。
彷彿像是，在沙灘上堆積的白雪。

❄
❄
❄

回到家時，家裡一片黑暗。
看見鞋子還擺在玄關，看來父親並沒有外出，大概又是喝完酒後直接睡著了吧。

我已經連嘆氣都懶了。

就算我幾天不回家，那個人肯定還是一句話不說吧。不僅如此，就算我某天突然消失，他大概也沒任何想法吧。他壓根對我一點興趣也沒有，說是沒有辦法也是沒有辦法吧。

在安靜無聲的玄關脫掉鞋子，直接回我二樓的房間。

這也不是一天、兩天的事情了，從我開始有記憶起，總是如此，母親在與不在根本沒有差異。

只是，好冷。

不是身體，而是心寒。

明明正值盛夏，我卻冷到快凍僵了。

此時此刻，與水原同學間的對話的記憶，如同太陽般溫暖地照耀著我。

3

隔天，立刻證明她是非常認真遵守約定的女孩。

那是早上到學校時的事情。我邊揉著還不清醒的睡眼，和平常一樣獨自一人走向教室。因為前一天在沙灘上尋寶很長一段時間，脖子附近和手臂的皮膚隱隱刺痛。洗澡時看見刺痛的肌膚整片紅，大概是曬傷了吧。我邊忍受制服衣領摩擦的不舒適邊走在走廊上，突然有人從背後拍我的肩。

「小透早安。」

是水原同學。

一如往常，她臉上帶著讓人聯想到夏天的笑容，對我揮手。

「啊，水原同學早安。」

「……」

「水原同學？」

「……」

她沉默不語，接著鼓脹雙頰：

「……昨天才約好，你今天就已經忘掉了啊？」

「什麼？」

「……小夏。」

她小小聲說：

「……你要是不叫我小夏，我就不理你。」

「啊……」

她的確這樣說過，但我沒想到，她竟然會在大庭廣眾（？）之下要求我這樣做。

「啊，那個……」

「……」

「就……」

「…………」

水原同學用她琥珀色的雙眼直直盯著我看，我只好做好覺悟喊：

「小夏……同學。」

很不可思議，這個稱呼自然而然脫口而出了。

「不需要加同學。」

「……小夏。」

在我好不容易擠出她的名字後，她露出陽光般燦笑：

「嗯，請你多多指教。」

她的聲音透露出打從心底的滿足。

她就這樣推著我往前走，一起走進教室。

步入教室的瞬間，我感覺班上所有人的視線全聚集到我們身上。

某種意義上來說這也是理所當然，到前一天還和班上同學格格不入的轉學生，突然和班上風雲人物的水原同學要好地一起上學，當然會引起大家側目。

雖是如此，我真心不想要太醒目。

邊感受觀看珍奇異獸般的視線，我努力降低存在感以求別刺激大家的好奇心，好不容易才走到我的座位。

在我放鬆吐出一口氣時，隔壁的男同學突然問我：

「喂，我問你，你和水原很好嗎？」

「什麼？」

「看你們好像用名字互相稱呼，而且還一起上學不是嗎？」

這個男同學應該是叫仁科吧。

「不是那樣，只是剛好在教室前面碰到而已。」

這是實話。

「但水原沒允許我們班上任何一個男生直接喊她名字耶。」

「那是……」

我也不知道原因，最想要知道她為什麼要這樣做的人是我。

不知道他有沒有相信我的說法，他哼了一聲：

「算了，你感覺挺有趣的，是叫相原嗎？我是仁科，請多指教啦。」

「啊，嗯，請多指教。」

伸手握住他伸出的手，男同學——仁科很常遲到或翹課，硬要說的話，看起來很不認真，但應該不是壞傢伙。

導師走進教室後，開始今天的班會時間。

外表還很年輕，看起來和女大生沒兩樣的森野老師，在道早後說：

「那麼，今天想要決定兩週後的文化祭中，我們班演出的短劇角色分配。」

這間學校的文化祭在七月舉辦。一般來說，文化祭大多都在秋天舉辦，這間學校歷年似乎都是在這個時期舉辦。因為時間常落在七夕前後，所以也被稱為七夕祭。在七夕祭中，每個班級都要做些什麼，而我所屬的三年一班決定要演短劇。

主題是人魚的故事。

聽說這附近從以前開始就有與人魚相關的民間傳說，而我們班打算演出改編後的民間傳說。雖然我不知道詳細內容，但應該是一個漁夫救了人魚後，人魚為了報恩而實現漁夫願望之類的故事。我們早就在上週決定由水原同學飾演主角的人魚了。

「上次還沒有決定的漁夫角色……有人自願飾演嗎？」

沒有任何人回應。

大家都偷偷看著班上其他同學，觀察其他人的反應。

「那，如果沒有人自願的話，推薦其他人也可以。有人推薦嗎？」

森野老師一臉為難地環視教室，還是沒有任何人舉手。

今年也要準備明年大考了，所以任誰都不想接手麻煩事，我也是相同心情。為了不要惹禍上身，我還是靜靜低頭看桌子好了。

就在此時。

我和不知道為什麼往這邊看的水原同學對上眼了。看見我的視線後，她露出一個想到什麼惡作劇般的笑容。

我有種不好的預感。

在我慌張想開口說些什麼話時，已經太晚了。

她突然舉手說：「那，我覺得漁夫讓小透來飾演正好！」

「相原同學？」

「沒錯！他粗魯的感覺和漁夫很相近，而且從才剛轉學進來，還不熟悉的角度來思考，我也覺得他非常適合。」

「這……這樣說也沒錯呢。」

森野老師邊看著我邊點頭：

「就是這樣……相原同學，你願意飾演嗎？」

「啊，那個……」

「可不可以拜託你？今天再不決定就糟糕了……」

老師的眼神透露出哀求。

其他同學們也紛紛同意這個提議。

「啊——對啊，這也比較容易融入班上啊。」

「他確實看起來很像漁夫呢。」

「嗯，小夏和相原同學或許很搭呢。」

「……」

面對這完全不容我拒絕的氣氛，我只好舉白旗放棄：

「……好啦，我演。」

森野老師聽見這句話後，臉上浮現鬆了一口氣的表情：

「那麼，漁夫的角色就請相原同學飾演。剩下的角色呢……」

就這樣，我決定要在七夕祭中飾演漁夫的角色了。

下課時，水原同學走到我座位旁，小聲問我：

「那個……你在生氣嗎？」

「我沒生氣，只是不知所措而已。」

「啊——嗯，確實如此……」

她帶著一臉抱歉又有點喜悅，不知如何形容的表情。

旁邊的仁科說：

「很好啊，可以和水原一起主演耶，太讓人羨慕了，我都想要和你換了。」

「那你要和我換嗎？」

「不行啦，都已經決定好了，別的不說，你可是水原直接點名的耶。」

「你根本不想換嘛？」

「誰知呢。」

他說完之後咧嘴一笑。

他個性還挺裝傻的，感覺可以和他變成好朋友。

水原同學吞吞吐吐說：

「如果你真的不想，我現在就去向森野老師說啦……」

雖然她這樣說，我也沒真心不想演，的確覺得會很麻煩、應該也會有不少辛苦事吧。但心裡也有個角落想著，如果是和水原同學攜手合作，或許也不錯。

「別擔心，我會演。」

「真的嗎……？」

「嗯，水原同……小夏會教我不懂的事情對吧？」

「這是當然的啊！」

「那就好，我沒不想演。」

「這樣啊……太好了。」

水原同學徹底安心地鬆了一口氣，明明用著可說相當大膽的行動力推薦我，卻同時擁有真心在意這件事的細膩，這也是她不可思議的一點。

仁科露出比方才更加調侃的笑容，抬頭問我：

「你要人家教你不懂的事情，是打算要她教你什麼啊？」

真心感覺我可以和他變好朋友。

據說由比濱海岸的名稱源自同音的「結」這個字。

連結、繫綁、連繫。這個字帶著將各種緣分與關係連結起來的意思。聽說最古老的起源是鎌倉時代的互助勞動組織「由比鄉」就位於這個地區的關係，但我總覺得前者的說法更加吻合，或許因為我和水原同學是在這片海灘上結緣的吧。

「海風好舒服呢。」

我今天又和水原同學並肩走著。

邊感受從南方吹來的溫暖海風，邊漫步在放學後的由比濱海岸邊。

聽說短劇從下週開始練習，她說在那之前有事情要先對我說。

許多海鳥在我們頭頂交錯飛翔，黑點應該是黑鳶吧，看見旁邊立著「邊走邊吃可能會遭黑鳶攻擊，請小心注意」的看板，還真兇惡啊。

「妳要對我說什麼？」

「啊──嗯，就是啊。」

走一段路後，水原同學用著戲劇性的動作清清喉嚨，才開口說：

「……其實，我有一件非常重要的事情得和小透說。」

「？重要的事情？」

水原同學點點頭。

接著無比認真地開口說：

「……其實我，非常容易緊張。」

「……什麼？」

「只要一站上舞台，站在大家面前，我就會緊張到滿臉通紅，一句話都說不出來。」

頓時沉默。

「……真假？」

「真的。」

我忍不住脫口而出：「妳唬我的吧。」因為完全看不出來她上台會緊張。

「……你肯定覺得我不適合說這句話吧。」

「這……」

我確實這樣想。

「沒關係，因為我自己也覺得不適合，但這是事實。以前幼稚園的發表會還有小學時的學藝會等等的，根本一團混亂。」

她抬頭看我的眼神如此認真，大概是真的吧。讓我震驚，沒想到她竟然還願意接下話劇主演啊。

接著，水原同學說出這段話：

「……因為，只剩下這次機會了。」

「欸？」

「這一次，是最後一次讓人看見我扮演人魚了。」

只剩下這次機會？讓人看見？

看到我無法理解水原同學話中含意而歪頭後，她小聲說：「嗯，如果是小透的話應該可以吧。」

「那個……我想要讓奶奶看。」

她的聲音，透露出她正在述說一件很重要的事情。

「奶奶很喜歡人魚的故事，原本好像是奶奶的奶奶告訴她的故事，在我小時候，她也說給我聽過無數次。奶奶說人魚故事的時候，看起來非常開心，我也很喜歡聽故事的時間。她說她這一次可能可以來看我們的文化祭，所以我才……」

她的雙手在胸前緊緊抓住學校制服。

原來如此。

雖然不敢站在人群前，但為了最喜歡的祖母，還是舉手接下這個角色了啊。還真像她會做的事情，知道背後原因後，也能認同現在的狀況了。

「我知道了。」

我如此回答。

「什麼？」

「我會幫妳，讓妳可以順利演出。幫妳特訓，讓妳在正式上台時不要緊張就可以了嗎？」

「啊……」

水原同學驚訝地不斷眨眼。

「不是嗎？」

「欸——啊，嗯、嗯，就是這樣！」

她用力點頭，看著她的動作，我不禁心想「真像我家以前養的柴犬約翰啊」。

「既然決定了，要不要從今天開始練習呢？雖然班上的練習下週才開始……」

「……」

水原同學沉默不語。

我還以為自己說錯什麼話，在意地喊：「小夏？」後，她抬起頭來注視著我的眼：

「謝……謝你。」

由於她太小聲，小聲到這句話幾乎要被浪潮掩蓋。

但是，我確實從這句話中，感受到她真摯的感謝。

4

那天之後，放學後到由比濱海灘上集合，成為我們每天的固定行程。

人魚和漁夫的演技練習，以及……思考讓水原同學不會在人前緊張的對策。

「感覺書上好像寫過，在掌心上寫個『人』字吞下去有用。」

「那我試過了，大概做了五十次有吧。但那只有一點安慰效果而已啦。」

「這樣啊。」

這個方法確實缺乏科學根據。

「那，把所有觀眾都想成南瓜之類的呢？」

「……之前萬聖節時，我被打扮成傑克南瓜燈的人嚇過，從那之後我就很怕南瓜，所以可能會更退縮吧。」

「嗚唔……」

好困難。

再怎樣說，這都是精神層面因素佔絕大主因，想克服容易緊張這點，沒有絕對有用的萬全方法。

而且水原同學容易緊張的程度，只能用十分誇張來形容。她在我面前可以很自然地演出，但光只是有人從身邊經過，都能讓她手足無措。

我們百般討論後，最後得出只能努力習慣的結論。

首先，我們兩人一起練習，接著，故意看準有人經過時大聲唸出台詞。

「——真的、真的可以實現我的願望嗎？」

「沒錯，只不過，我沒有辦法干涉未來即將發生的事情，如果是已經發生的事情，我可以試著替你實現。」

「那妳替我治好這個傷吧，給我一個沒有傷的人生吧。」

夕陽西下前，由比濱海灘上人潮令人意外的多。有人來遛狗、有人來釣魚、也有人來海邊玩。大人們只是帶著訝異的眼神從我們身邊經過，但小孩子卻非如此，小學左右的男孩、女孩們，一臉好奇地走近問我們：

「大哥哥，你們在做什麼？」

「我們在練習當人魚和漁夫啊。」

「什麼？」

「我們在練習話劇啦，學校的文化祭就快要到了。」

「喔——你們兩個人都是主角嗎？」

「感覺好像很有趣。」

「大哥哥，再讓我們多看一點啦。」

孩子們眼中閃爍光彩擠了上來。

其中一個小學生提問：

「那個人魚的故事是怎樣的故事啊？」

水原同學蹲下身體和小學生平視：

「咦，你們不知道嗎？是一個漁夫在由比濱海岸捕獲人魚的故事喔。」

小學生們左右搖頭回應：

「不知道。」

那是很古老的傳說，最近的孩子們大概也沒聽說過吧。

「這樣啊，那姊姊說給你們聽，開始囉。很久很久以前，在這一帶……」

水原同學開始說故事給小朋友們聽。

這麼說來，我也沒聽過詳細內容。

水原同學接著說出這樣一個人魚的故事。

很久很久以前，在這一帶住著一個以捕魚為業的男人。男人曾經是個手腕高超的漁夫，但在一次工作中大意弄傷腳，從那之後，只能捕捉勉強飽餐的漁獲維持生計。在某個大海閃爍藍光的夜晚，男人捕魚時，突然發現漁網中網到某樣東西。在漁網中痛苦掙扎的，是一個上半身為美麗女性，下半身為魚身的人魚。人魚懇求男人，希望男人放她一馬，男人覺得人魚可憐，直接放她回大海去了。人魚感謝男人，說可以實現男人一個願望當回禮。男人思考後，希望人魚可以治好他受傷的腳。接著，不可思議的藍光包裹男人，男人的腳傷也痊癒了。男人又能如以往捕撈豐富漁獲，最後迎娶一位美麗的女性，過著幸福快樂的生活。

其中一個男孩說出自己的感想：

「欸——感覺跟其他故事沒兩樣啊。」

沒想到女孩們大肆反駁：

「才沒有那回事！明明就很棒！」

「沒錯沒錯，臭男生都還是小孩，所以才不懂。」

就算年紀小，這類的故事似乎還是女孩子比較有共鳴。

接下來，我們就在小學生們的注視下繼續練習。

連小小觀眾對水原同學來說也是不小的壓力，頻頻出錯遭小學生們嘲笑。

「討厭……好不甘心喔，到正式演出之前，我一定會表演得很完美，你們走著瞧。」

看水原同學不甘心咬牙的表情，小學生們說著：「欸——感覺絕對做不到。」

來捉弄她。聽到這句話後，水原同學似乎更加激起了鬥志。

不管怎樣，只要幹勁增加了就是好事。

隔週，放學後班上同學也留下來繼續練習話劇。

班會、打掃結束後，留在教室念劇本內容。雖是如此，有台詞的幾乎只有人魚和漁夫，自然而然的，練習時間也變成閒聊大會了。

「喂，相原你是從東京來的對吧？」

「嗯，對。」

「聽說東京晴空塔包含地下部分在內，總共有六百六十六公尺是真的嗎？」

「那是假的啦，有地下部分好像是真的，但聽說沒有六百六十六公尺這麼高。」

「喔——這樣喔。那，只要去原宿就能看見藝人在街上走是真的嗎？你有看過嗎？」

「好像有。」

「真的嗎真的嗎！誰？」

不知不覺中，我也順勢和同學們聊起天來。

雖然對話內容很沒營養，但還挺熱絡的。

「這樣啊，所以雖然都是東京，但你住的是靠埼玉那邊啊？」

「嗯，應該算吧。」

「但是一聊才發現，相原還滿有趣的耶。我還以為你是更冷淡的人呢。」

「對啊對啊，而且知道好多事。」

「這很普通啦。」

「對吧，這傢伙只是悶騷而已，根本不需要那麼小心翼翼啦。」仁科突然插進這句話，我也吐嘈他：「你很煩。」

不知不覺中，已經可以自然而然和同學們對話了。

當然，只是能對話還不能算是朋友，但已經能不再害怕自己有沒有做好，能自然和大家交談，都覺得前一陣子那段格格不入的時光到底是怎麼一回事了。水原同學該不會已經預測到這個發展，才會推薦我飾演漁夫吧。

偷偷往旁邊看，她似乎正和朋友熱烈談論著鎌倉站前新開的時髦咖啡廳。應該如我所想沒有錯。

只是稍微融入同學的圈子裡，就能察覺同學間的許多狀況。

舉例來說，飯田同學和松井同學感情很好；山內和佐藤同學正在交往；田中乍看之下給人很文靜的感覺，但其實他和安東同學一起在跳舞；別看仁科那樣，其實他成績很好；班級委員的清野同學的興趣是爬山。雖然速度緩慢，但已經可以稍微看出這些關係了。

在這之中，水原同學果然是班上的風雲人物。

不管問誰對她的評價，都能聽見正面意見。同學們說，她總是開朗有活力，很會照顧人、親切好聊，只要她人在場，氣氛都會變得開朗，說也說不完，聽說也有許多男生心儀她。

這和我的印象相去不遠。

和我看平常的她時，得到的印象幾乎沒有不同。

她的本質，肯定是如晴朗無雲的夏日天空般爽朗吧。
只不過……有件事讓我在意。
那就是第一次見面時看見的水原同學的淚水。
毫無忌憚他人眼光，大聲痛哭的她。
她當時的身影，和這些印象完全不同。
那到底是怎麼一回事呢？
這個疑問，我很快就得到解答了。

5

那天，我稍微提早抵達由比濱海岸。
水原同學說她要先去辦完事才過來，所以會晚一點到。等她時，我隨意在海灘上閒晃。想著「不知道有沒有有趣的東西掉在海灘上」、「不知道能不能找到寶物」，我已經養成在沙灘上走路時低頭尋寶的習慣。

這是珊瑚碎片、那是初雪寶螺、遙遠那頭還有塊海玻璃。

這全是水原同學告訴我的，如果沒有認識她，我肯定不會對這些東西產生興趣。這樣一想，掌心中的小小初雪寶螺看起來更像是閃閃發亮的寶物了。

❄ ❄ ❄ ❄

走在海灘上撿拾貝殼與玻璃碎片一段時間後，一個站在海浪邊的身影映入我的眼簾。

是個小女孩。

大概小學高年級左右，身穿一襲彷彿夏日光彩直接複印其上的純白洋裝，是常在這邊看見的孩子們的朋友嗎？她受傷了嗎？怎麼拖著單腳走路。

為什麼呢？

看到女孩時，我突然浮現「好像人魚啊」的想法。

以失去腳作為代價，讓自己登上陸地的人魚小女孩。

我自己也不知道理由，但就是冒出這種想法。

在我呆站原地看著她時，小女孩朝我走近。

「你好。」

她的聲音好像鈴聲。

「啊——妳好。」

沒想到女孩會對我打招呼，我慌慌張張回應，女孩歪頭問我：

「你在幹嘛？」

「嗯，在尋寶。」

我把撿到的貝殼給女孩看，女孩的眼睛立刻亮了起來：

「是初雪寶螺呢，好漂亮。」

「妳知道啊？」

「對，你在海灘淘沙對吧？」

「哇。」

沒想到連這麼小的小孩也知道，尋寶或許是超越我想像的熱門興趣吧。

「我也會做喔，假日很常和家人一起到沙灘上尋找各種東西。收集初雪寶螺、玻芬寶螺、海玻璃、海膽殼及海豚的耳骨，然後拿撿到的東西一起做貝殼相框之類的。」

「這樣啊。」

「對。海灘上的所有東西，都是海神給予的美好寶物呢。啊，但我最喜歡的，應該是平瀨寶螺。」

「平瀨寶螺……」

「雖然很少看到啦……因為平瀨寶螺是人魚的眼淚啊。你不覺得很棒嗎？」

有種不可思議的感覺。

明明第一次見面，卻絲毫不覺得陌生。彷彿從很久、很久以前就認識她一般，聊起天來意氣投合。

「妳住這附近嗎？」

我如此問她，她歪著頭說：

「嗯——可以說是，也可以說不是。」

「？」

無法理解。

是有親戚住在附近，偶爾會來這裡玩的意思嗎？

「我呢……會隨著夏天迴轉。」

「隨著夏天……？」

「對，一圈又一圈轉。」

越來越無法理解了。

她該不會是在捉弄我吧？

「那是什麼——」

一眨眼，女孩已經消失了。

彷彿溶入海水中變成泡沫消失，只留下沾濕染上深色的海沙以及不斷拍打岸邊的海浪。

「我是在做夢嗎……」

又過一會兒，水原同學終於來了。

大概是急忙趕來，她的臉露出些許疲憊，肩膀也微微起伏地喘氣。

「對不起，我遲到了。」

這身影，似乎和什麼很相似。

剛剛還在這裡和人魚相似的女孩，和水原同學。

雖然講話方式和年齡完全不同，但她們笑容之間露出的，像是看著遠方的表情非常神似。

「小夏，妳有姊妹之類嗎？」

「為什麼突然問這個？沒有喔，我是獨生女。」

「這樣啊。」

我還想那該不會是水原同學的妹妹吧，但似乎不是。

既然如此，會覺得哪裡相似，肯定是搞錯人，或只是我的錯覺而已。我決定讓自己這麼想。

❄❄❄❄

那天總覺得練習得相當不順利。

水原同學完全無法集中精神，頻頻說錯台詞。

「妳的狀況好像不太好耶。」

「對不起……」

「沒關係，人都有狀況不好的時候啦。」

氣氛有點凝重，有種重量壓在身上的感覺，偏偏今天，那群炒熱氣氛的小學生們沒有來。

寧靜中，海濤聲顯得特別響亮。

今天沒有海風吹拂，顯得悶熱。我們在附近的漂流木上坐下，稍事休息，雖然漂流木表面凹凸不平，只是坐一下確實無可挑剔。

彷彿只有我們兩人身邊的空間從世界切離。

寧靜、沒有人影，只有海浪沖刷沙子的聲音以及隱約聽見黑鳶的鳴叫聲。

在海浪重複打上岸又退回去的動作七次後，水原同學終於開口：

「……今天，我來這裡之前先去奶奶那邊一趟了。」

「初奶奶？」

「嗯。」

水原同學輕輕點頭。

她及肩的秀髮輕輕擺動，傳來肥皂的香氣。

「我剛好要拿東西去給她，順便對她說我要演人魚話劇的事情，然後，她就說她要來看文化祭。」

「這樣啊，太好了。」

水原同學是為了初奶奶才自願飾演人魚，之前還聽她說不知道初奶奶有沒有辦法來，現在應該可以安心上台正式演出了吧。

「……」

「……小夏？」

「……」

我轉頭一看，只見水原同學的肩膀輕輕顫動。

她緊握雙手，低著頭緊盯著大海與沙灘的界線看，不管怎麼看，那表情都看不出喜悅。

好不容易，水原同學像是把聲音從喉嚨深處擠出來般說：

「……奶奶啊，已經活不久了。」

「咦……？」

「雖然看起來很有精神，但其實慢慢衰弱……那天，和相原同學第一次見面那天，其實那天，我不小心聽見醫生們說的話，他們說奶奶的體力一直下降，要度過這個夏天都很勉強……」

她平淡說出這件事，與其說冷靜，倒不如說她正用這個方法告訴自己現實。

「……從小，奶奶總是陪在我身邊，教我怎麼騎腳踏車、帶我去選小學書包、說人魚的故事給我聽、教我海邊尋寶，這些事情全都是奶奶為我做的。我好喜歡奶奶，好希望今後也能和她一起共度時光……我一直相信，一定可以辦到。但是，可能就快要再也見不到她了……」

「……」

「……要是全都是騙人的就好了。真希望此時此刻是人魚的夢境，醒來之後，這一切全都隨著夢境消失無蹤……」

水原同學把臉埋在我的胸前。

「小夏……」

「對不起……感覺總是讓你看見我這一面。」

水原同學的淚水清澈，感覺只要讓浪濤的搖籃洗滌後，就會變成平瀨寶螺。

不知道這個姿勢維持了多久。

「……嗯，訴苦時間到此結束。」

水原同學在我胸前輕輕甩頭後，抬頭看我。

她明確地宣示：

「我沒有要講陰鬱話題的意思，倒不如說完全相反。終於有機會可以讓奶奶看見人魚的話劇，我不會讓機會溜走。所以……我下定決心，絕對要成功演出。這就是我現在的『願望』，但我不要依賴人魚，要靠自己的力量實現這個『願望』。」

怎麼可以如此堅強呢。

明明其實非常難過、非常不安，卻不讓自己被這些情緒吞噬，傲然地站著。

看在我眼中，這樣的她無比耀眼，同時也十分虛幻。

「而且，未來會怎樣沒人知道，說不定只是醫生評估太保守，奶奶很喜歡給人驚喜，說不定會好起來呢，說不定等我到她這個年齡，她還陪在我身邊。這世界上沒有不可能——就像是『七月雪』。」

「『七月雪』……？」

這是我不熟悉的名詞。

我的大腦無法立刻把「七月」和「雪」這兩個名詞連結起來。

「以前我曾在書上看過，『飄降在寧靜深底的七月雪，奇蹟般的雪白結晶，那是愛著你的我的願望千迴百轉後的結晶』，不覺得很美嗎？」

「但是，七月怎麼可能下雪……」

正常思考，根本不可能有那種現象。

我才說出口，她就搖搖頭打斷我的話：

「有，在七月裡下的雪實際存在。」

接著，她直直看著我的眼睛如此說：

「——將來有天，我會帶你去看『七月雪』。」

❄❄❄

她是很堅強的人。

是個讓自己堅強的人。

實際上，她並非特別堅強，明明只是個愛哭愛撒嬌，隨處可見的普通女孩。

當時，她肯定在心裡深處拚命忍耐吧。

實際上，應該想要放聲大哭才對。

但是，她幾乎沒有讓人看到任何跡象。

我看見她掉淚的次數，包含這次在內，應該一隻手就能數出來。

第一次見到她的時候、初奶奶過世的時候、當我對她說要不要一起住的時候、

還有……當我說完自己的成長過程，她緊緊抱住我的時候。

所以，她的淚水才會清澈而美麗。

彷彿「七月雪」。

❄ ❄ ❄

6

就這樣，文化祭當天來臨了。

學校一大早就相當熱鬧，許多由學生一手包辦的攤販在校園裡林立，校舍中，則有天文館、鬼屋、鏡屋等各種不同的室內娛樂在各間教室裡開業。

話劇部分，則是從下午兩點開始在體育館內上演。

我們為了做準備，開演前一小時就已經在後台聚集了。

「嗯——這部分台詞要強烈表現出悲傷情緒，接下來這個是要很驚訝對吧……啊，人、人魚的服裝準備好了嗎？」

水原同學緊張不安地說著。

「小夏，妳已經問第五次了。」

「啊，也對。」

我們兩人的對話和相聲沒兩樣。

仁科大概是看見我們這樣感到不放心吧，開口問：

「沒問題嗎？水原，妳的臉色好像有點白耶。」

「……大概。應該說或許。肯定。」

「妳的回答滿滿不安耶，喂……」

我也很希望一切沒問題，已經練習那麼多次了，也想了非常多應付上台緊張的對策了。

但是，看見眼前的水原同學如幼犬般張皇失措的舉動後，還是不禁擔心起來。她從剛剛開始在舞台邊走來走去，還看見她似乎把許多對策混在一起，把南瓜傑克燈寫在自己掌心後吞下去，我也只能裝作沒看見。

其他同學們也在我身邊忙亂地跑來跑去，大道具組、音響組、化妝組和小道具組，幾乎全班同學都聚集於此了。雖然大家都不想要當主角，但總覺得，大家都非常願意協助話劇順利進行。大概也因為是高中最後一次文化祭，所以有特別感情吧，我才剛轉學過來不久，還沒有那麼強烈的心情。但是，直接感受班上這股氣氛後，我也想著絕對要讓話劇成功。

終於來到開演時間，喇叭中傳出廣播：

「那麼，接下來即將上演的是，由三年一班帶來的話劇『人魚之夢』。」

「要開始了……」

「沒問題，只要照練習來，就能一切順利。」

「嗯、嗯。」

就在水原同學用力點頭之時，話劇正式揭開序幕。

人魚的故事，從漁夫回想過去的場景開始。

躺在病床上，即將迎接死亡來臨的漁夫，回想起過去實現自己願望的人魚。

「那應該是，大海如童話故事般發出藍色光芒那晚的事情。」

我走上舞台，大聲唸出台詞。

體育館內的觀眾人數不少，現場的座位有七分滿，就文化祭裡的話劇演出來說，算相當不錯吧，我也看見坐在輪椅上的初奶奶就在體育館的一角。

畫面從漁夫的獨白轉變為回憶中的場景，接著進入人魚登場的場景。

「咦，那邊的漁網裡是勾到什麼東西啊？」

人魚被漁網網住了。

水原同學和藍光效果一起出現在舞台中央，觀眾席和舞台邊都響起歡呼聲。

登場畫面順利完成了。

雖然表情有點生硬，但沒忘詞、該做的動作也沒失敗，她很順利演好人魚的角色了。

從海底出現的場景、被漁網勾到痛苦掙扎的場景、懇求漁夫放她一馬的場景，都沒有出現重大失誤。

隨著故事發展，來到中段的劇情高潮場面。

這是人魚實現漁夫願望的重要場景。

正因為是劇情高潮處，台詞相當冗長，也是我們練習無數次的地方。

練習時一切順利，雖然台詞長到會讓人吃螺絲，但水原同學只看過兩、三次劇本，就完美背下來了。在我誇獎她後，她邊說著：「託奶奶的福，人魚的故事我幾乎都記得。」邊露出些許不好意思的表情，讓我印象深刻。

「……」

那位練習中完美演出的水原同學，此時此刻用手遮住嘴巴呆站在舞台正中央。

動作完全停止，視線不知所措地在空中游移。

一看就知道她忘記台詞了，雖然她拚命試著想台詞，但成效不佳，只是呆站在舞台上張闔嘴巴。

我聽見仁科在舞台邊喊著：

「喂，水原的樣子是不是怪怪的啊？」

該怎麼辦？

我看向水原同學，但她絲毫沒有振作起來的跡象。

觀眾們也發現不對勁，開始出現騷動。

再這樣沉默下去就糟糕了。

我把手伸進舞台服裝的口袋中。

「——附加條件？」

「對。」

我點頭回應水原同學的疑問。

「聽說附加什麼條件是處理上台緊張的好方法，只要決定好『只要這樣做後就不會緊張，即使緊張了，只要看這個後就能冷靜下來』的『附加條件』，就能不緊張。聽說也有類似魔咒還是例行動作這類的東西啦。」

「真的嗎？」

「嗯。」

水原同學沉默一陣子之後說：

「那，我要把小透當成附加條件。」

「啊？」

「當我在正式演出中快要失敗的時候，小透就做些什麼附加條件的事情讓我醒過來，可以嗎？當然，我自己也會思考各種方法……但是，我可能無法從容到回想起自己的方法。」

確實如她所說，如果遇到突發狀況時，還能冷靜思考自己想出的附加條件並行動，根本也不算緊張了吧。

「我知道了，我會想些辦法。」

聽見我的回答後，水原同學雙手在臉前合掌深深一鞠躬：

「拜託你，我全靠你了。」

「——只要把這個貝殼貼在耳朵上就行了嗎？」

當我發現時，這句話已經脫口而出了。

「貝殼裡有聲音，如同從海底發出的，低沉神祕聲音，這是什麼啊？」

舞台邊傳來仁科他們的聲音：

「喂，有那一幕嗎？」

「欸，我也不知道耶……？」

「不知道……」

沒有這幕。話說回來，我手上的貝殼是那時撿到的蠑螺，完全即興演出。

不過，我還是繼續演下去。

「感覺曾經在哪聽過，好讓人懷念，這聲音彷彿像是——」

「……」

「彷彿像是……像是貝殼在唱歌。」

「啊……」

這一句話，喚回水原同學眼中的光彩。

她突然驚醒，像小狗甩水般用力甩頭。

接著深吸一口氣，重新轉身面向觀眾席。以響亮的聲音，再次開始說台詞：

「——非常感謝你救我一命，溫柔的漁夫啊，我絕對不會忘記這份恩情。為了表達我的感謝，只要你把這個貝殼貼在耳朵上，我就實現你一個願望。」

連站在舞台上都可以感受到舞台旁的仁科等同學們，紛紛鬆一口氣的氣氛。

看來是沒問題了。

「真的可以實現我的願望嗎？」

「是的，只不過，我無法干涉未來將要發生的事情，如果是已經發生的事情，就讓我實現你的願望吧。」

「那麼，治好我的傷吧，給我一個沒有受傷的人生。」

「我明白了。」

人魚點頭後，舞台彷彿灑上一片染料，被湛藍光線包圍。等到包圍舞台的藍光退去後，漁夫也回到受傷前的那個時間點。

「這……」

這是擺放造船建材的倉庫，眼前是剛堆疊好的木材小山，在還一頭霧水的漁夫面前崩垮。漁夫當初就是被壓在木材底下，腳才受重傷，他瞬時反應往地上一滾躲開崩落的木材。保麗龍做成的木材散落在舞台上，其中有幾根木材壓到其他漁夫拉到陸地上的船隻，船隻因而受損。

「我，得救了嗎……」

當他發現時，他又回到藍色之夜了。

這是在做夢嗎？但是，原本在腳上，那個讓他根本不想直視的大傷疤已經消失無蹤了。

「喔喔，太不可思議了，真的不是夢啊。」

轉頭一看，原本被漁網網住的人魚，不知何時也消失無蹤。

漁夫身上到底發生什麼事情了呢？

漁夫是在做夢嗎？亦或是真的是人魚實現他的願望了呢？又或者，腳受傷這件事本身就是漁夫的妄想呢？

腳傷消失後如以往出海捕魚的漁夫，迎娶美人為妻，過著幸福快樂的一生。

觀眾席響起巨大掌聲。

我和一人分飾人魚、妻子兩角的水原同學一起站在舞台中央接受大家的喝采。

看見初奶奶就在觀眾席後方，臉上露出和水原同學十分相似的溫柔笑容，朝著我們靜靜揮手，水原同學發現後，用力揮手回應。

她們兩人看起來都很高興。

看到那副溫暖的模樣，讓我也稍微感到幸福。

就這樣，我們的短劇成功落幕了。

7

營火在操場上發出明亮光芒。

裝設於各處的喇叭播放著輕音樂，四散於校園中的學生們各隨己意地開心聊天、或隨著音樂擺動身體、或拿起果汁乾杯。

後夜祭剛結束了吧。這間學校大概也和其他學校一樣，在文化祭結束後舉行由學生主辦的後夜祭。

「呼——結束了呢。」

我和水原同學兩人從屋頂上往下看著旺盛燃燒的營火，屋頂應該是禁止學生進入的，但是不知為何，水原同學卻有屋頂的鑰匙。當我問她從哪拿來時，她帶著惡作劇笑容說：「這是商業機密。」她也有這令人意外的一面。從高處往下看，營火彷彿像個巨大篝火。

「但是可以順利結束真是太好了，奶奶好像也看得很開心。」

「小夏像個壞掉的機器人僵住時，我還想著這該怎麼辦呢？」

水原同學羞愧大叫：

「嗚嗚，別再說那件事情了啦～我那時腦袋真的一片空白，都不知道該怎麼辦了。但是，小透就在我身邊真是太好了，今天的殊勛獎得主就是你呢。」

「沒那回事，我沒做什麼大不了的事情。」

只是把蝶螺帶上台，即興說出幾句台詞而已。

所以還是得歸功水原同學的努力。

但是水原同學聽我說完後搖搖頭：

「才沒那回事的沒那回事吧，就是因為有小透幫我，一切才能順利啊。小透是第一名。」

「沒那回事的沒那回事的沒那回事，全是小夏自己努力的。」

「不，沒那回事的沒那回事的沒那回事的沒那回事。」

「沒那回事的沒那回事的沒那回事的沒那回事，是小夏——」

「沒那回事的沒那回事的沒那回事的沒那回事的沒那回事的沒那回事，是小透

——」

水原同學也絲毫不退讓。

我於是說：

「那就多虧蠑螈幫忙吧。」

「欸？嗯——這樣說也沒錯啦……」

「那就這樣決定。」

「唔——？」

雖然水原同學看起來不太能接受，就當成是蠑螈的功勞吧。

一陣南風吹來。

學校所在的山丘離海岸不遠，所以能聞到些許鹹味，這味道讓我誤以為人在由比濱海灘上。

突然寧靜下來。

像是對話間突然出現空白般寧靜，從喇叭中流瀉出的音樂突然停止，校園中的歡笑聲也如同無聲電影般消音。

水原同學盯著操場看，任憑頭髮隨風飄動。
她的側臉在月光照耀下，看似散發著朦朧的銀白光芒。
好美。
讓我想要一直看下去。
我這才發現，不知不覺中，她在我心中的地位已經增長到無人可及的地位了。
腦海中回想起來之前和仁科之間的對話。

「喂，你後夜祭要幹嘛？」
「後夜祭？」
「啊，你不知道啊，在這之後有後夜祭喔。」
仁科邊收拾大型道具邊往我的方向看。
我沒有特別安排，只是茫然想著：「如果可以，希望可以和水原同學一起度過。」

「你要和水原去哪裡嗎？」

仁科彷彿看穿我心思的問句，讓我的心不自覺漏跳一拍。

「不知道，我們沒有約。」

「是喔，但應該也不需要約吧？這種事情，只要彼此稍微表示一下就能水到渠成吧。」

「這應該只有你能做到吧。」

別看仁科這樣，這傢伙還頗受女生歡迎，雖然沒有特定交往對象，但我好幾次看見他和幾個女生親密交談。

「你喜歡對吧？」仁科突然拋出這個問句。

「欸？」

「你那什麼臉啊，我是指水原，不對嗎？」

「那是……」

我不知該如何回答。

笑容如夏天耀眼的水原同學、鬧彆扭鼓著雙頰的水原同學、一臉喜悅的水原同學，還有……在我懷中流淚的水原同學。

回想起這半個月的生活，我的腦海中全都是她的身影。

「沒……沒錯啦，大概。」

原來是這樣，我……喜歡水原同學啊。

這還是我十八年的人生中第一次有這類經驗，如果仁科不說，我可能都不明瞭這是什麼感情。

仁科傻眼：

「真是的，你自己沒有發現啊。算了，說像你也真有你的風格啦。」

「——小夏，我喜歡妳。」

彷彿冥冥之中早已注定我要在這裡說出這件事，在我察覺時，這句話已經自然脫口而出了。

「我不知道是從什麼時候開始，發現時已經喜歡上妳。今後，我想要和妳一起共度，所以可以請妳和我交往……嗎？」

對話間的沉默空白依舊屹立不搖。

我說出口的話融化在空氣中，寂靜在我耳邊響起更尖銳的逼聲。

說出口後，突然感到非常不好意思。

我到底在做什麼啊？在後夜祭上看著營火告白，這也未免太老套了吧，當自己上演懷舊青春電影啊？

但是，我說出口的話絕非謊言。

我想和水原同學在一起……真真切切是出自我內心的真心話。

我抱著害臊與某種決心混雜在一起的複雜心情等待她的答案。

「……」

水原同學低著頭，我看不見她的表情。

經過一分鐘簡直如一小時般漫長的間隔。

接著，水原同學說出我想也沒想到的話：

「小透……」

「？」

「那個啊，我現在想去一個地方，你可以和我去嗎？」

我和水原同學偷偷溜出後夜祭，前往由比濱海岸。

是鎌倉海濱公園附近，由比濱海岸偏西側那一帶。

現在回想起來，那似乎是第一次在晚上到這裡來。黑暗、萬籟俱寂、一個人也沒有的海灘，有著與白天不同的風情。

「要去哪裡？」

「……」

水原同學沒有回答。

只是沉默地拉著我的手在沙灘上前進。

最後，她在某個地方停下腳步對我說：

「就是這裡。」

抵達的此處。

「啊……」

我一句話也說不出來。

眼前的風景，如文字所述，讓我屏息。

——一整片藍。

眼前一片絕美的藍，大海發出閃耀的藍色光芒，彷彿有無數個藍琉璃融於海中，毫無間斷地閃爍。連這裡的月色、空氣的顏色，似乎都帶著藍光。鮮豔的色彩包圍住天與地，一整片透澈青藍夜色在眼前無限延伸。

水原同學說：

「……很漂亮對吧，我一直想讓小透看看這個。因為這邊和故事中人魚和漁夫認識的那片海灘相似，所以又被稱為『人魚海灘』。聽說這些全都是夜光藻喔，數千、數萬的夜光藻聚集起來，才能出現這樣的亮度。」

「夜光藻……」

我記得那是種浮游生物，有隨海浪等東西的刺激產生反應而發光的習性，但我沒想到，竟然會成就出如此神祕的景象。

「我覺得人魚遇見漁夫的那個藍色夜晚，肯定就是這般美麗。」

水原同學看著大海繼續說：

「在無聲、澄清淨透的寧靜夜晚，世界被染上一整片藍，然後，人魚就會在這個世界中實現人類的願望。這片藍就是願望，許多人的願望聚集於此，他們期望著願望可以成真，而散發如此藍的光芒。這是人類的想法與心相互融合後形成的東西，如果不是如此，便無法解釋為什麼會如此美麗啊。」

或許正如她所說吧。

當然，我很明白這片藍光的源頭只是一群夜光藻群聚而已，但是，眼前這片可說是大海極光的美麗風景，有著足以超越實際理論的什麼東西存在。

「吶，小透，你知道嗎？那個人魚的故事其實還有後日談、逸聞之類的喔。」

水原同學轉頭面對我：

「人魚實現漁夫的夢想之後就消失了，而腳傷痊癒的漁夫重回工作崗位，最後娶了美人為妻，聽說那個成為漁夫妻子的女人，就是變成人類的人魚喔。」

「人魚變成人類……」

「嗯，人魚愛上漁夫，所以自己許下願望，變成人類，接著為了嫁給漁夫為妻而到他身邊。雖然不知道是不是真的，但是不覺得這個故事比較浪漫嗎？」

感覺浪潮與浪潮之間的藍稍微增強了那份光彩，如同水原同學所說，沒人知道真相是什麼，但讓人希望故事會照這個說法發展。

「說的也是，嗯，我也如此認為。」

當我說完後，水原同學看起來很滿足地點頭。

接著，像是下定什麼決心一般握緊雙手，重新轉過頭來看我。

「然後啊，那個啊。」

「嗯？」

「把話題拉回來，我、我也、那個……」

「……」

「就是……」

是怎麼了嗎？她難得說話如此吞吞吐吐的。

在我不解歪頭時，她像豁出去一般開口：

「我、我也，那個，也想著希望自己能變成人魚……」

「？是希望自己能成為實現誰的願望的人嗎？」

「什麼？」

「不是這個意思的話，是想要像魚一樣自由自在悠游大海嗎？」

在我回答後，水原同學露出十分不悅的表情：

「你、你為什麼會得到這個結論啊！遲鈍、遲鈍透了！難、難得我選了一個這麼美麗的地方，說了一個非常機靈的迂迴回答耶！」

「欸，但是——」

「我想要變成的，是人魚變成妻子的那個部分啦！」

「……」

我花了好幾秒，才理解水原同學這段話的意思。

這、這表示……

在我重複咀嚼終於理解的內容後，看向水原同學，就算是在黑暗中，也能明顯分辨她一臉羞紅。

比我至今看見的任何一個時候都更加、更加艷紅，而且還要更加、更加可愛。

我光是理解整件事就花去所有力氣，水原同學先說了「就、就是這樣」的開場白後，繼續對我說：

「那個，我有很多很麻煩的地方，說不定會給你帶來困擾，但是……還請你多多指教。」

我也慌慌張張地回應：

「啊，請妳多多指教。」

從這天開始，我們正式成為男女朋友。

8

曾聽過「世界的顏色變得完全不一樣」這句話，沒想到竟是如此戲劇般的變化。

自從和水原同學——小夏交往後，我的五感全都真切感受到這個變化。

和小夏一起做了許多事情。

暑假後，我們兩人幾乎每天見面。一起寫作業、一起尋寶、也一起去海水浴。她把我埋在沙堆中，還在沙堆上畫上奇怪圖樣。看著我一臉不悅，小夏在旁捧腹大笑。接著一起眺望夕陽西下，在「人魚海灘」上一起共度藍色夜晚。

秋天時一起到長谷寺賞楓，也去野餐。秋天的鎌倉景點甚多，我們有很多地方想去看看。鎌倉文學館、高德院的大佛、隱匿在小町通小路裡的咖啡廳老店。我們幾乎每天都會出門到哪裡逛逛，共度時光。加上小夏的生日在十月，她的生日當天，我們兩人也一起慶祝。小夏苦笑著說：「我的名字雖然是夏，但其實是秋天出生的。」我送她一條項鍊當禮物，到現在都還記得她開心到說不出話來。

聖誕節時一起在美麗燈飾下交換禮物；十二月三十一日夜晚一起坐在電視機前

倒數計時；新年一起到鶴岡八幡宮，在洶湧人潮推擠中完成新年參拜，也一起寫繪馬；情人節和白色情人節時，當然也互送巧克力和餅乾。

一起做了許多事情。

有開心的事情，有辛苦的事情，也有難過的事情。

但正因為和小夏彼此互相扶持，我們才能跨越所有的事情。

沒多久時間，小夏就成為我在世界上最重要的人了。

就這樣，一年結束。

我們高中畢業了。

❄ ❄ ❄

那天——我的世界確實換上不同色彩。

在璀璨閃耀的藍光照耀下，我原本顯得褪色的每一天，染上鮮豔的色彩。從高三開始交往的那天起，到大學畢業的那個夏天為止，確實是我人生中最充實的一段時光。

她總是陪在我身邊。

在我身邊與我共度平凡的每一天，和我歡笑、對我生氣、為我哭泣。

如果「願望」真能實現。

根本不需多問。

我想要回到那天、回到那時……救她。

除此之外，我沒有任何「願望」。

我把視線拉回海面，海中的藍光炫目到讓人覺得詭異。

有人說藍色是死亡的顏色，據說生物無時無刻都散發著微弱光芒，而在死亡那刻，會發出藍色螢光。

我不知道那到底是願望的聚合物，或者單純只是夜光藻的發光現象。不知道，這對我來說也無所謂。

只不過，那裡有一片藍。

那片藍是小夏口中的人魚奇蹟，是她相信能實現「願望」的象徵。

彷彿被那片藍吸引，我搖搖晃晃往海中走去。

彷彿被那片藍影響，七月的大海在夜晚也顯得冰冷。

在那片藍光包圍中，我的意識回到過去。

❄ ❄ ❄

間章①　「輪迴夏日」

❄❄

眼前，是一整片廣闊的藍色大海。

這是由比濱海岸中，被我們稱作「人魚海灘」的區域。

如同民間故事中出現的場景般，夜光藻在黑夜中發出耀眼的藍色光芒。

到底是第幾次像這樣來這裡了呢？

在失去這世界上最重要的存在，跌落無底失落深淵的那天後，來這裡的次數，已經數也數不清了。

來這片在藍色夜晚中，可以實現「願望」的「人魚海灘」。

我相信那是「願望」。

那可說是神祕的藍光，是人們的「願望」聚合後，昇華為光芒的東西。因為若不是這樣……不可能發出如此美麗的燦爛光芒。

我的「願望」只有一個。

打從心底希望可以實現的「願望」，那對我來說，是最需要優先實現的事情。

把「願望」託付給眼前這片藍。

傾注由衷的想法與祈禱，我低聲呢喃。

希望夏天可以再度到來。

希望我們可以再次並肩一起看「七月雪」。

然後。

——拜託，請讓我救救那個人。

❄ ❄

第二話　「七月雪」

❄❄❄❄

我還很小的時候，曾經讓人魚救過一命。

我記得那應該是奶奶帶著我，到由比濱海岸游泳時發生的事情。

一開始，我沒有發現異狀，只覺得海浪的動向有點奇怪，發現的時候已經太晚，我的身體被帶到外海了。我當時根本不知道什麼叫做離岸流，但是立刻察覺狀況不對。但想要呼救，身邊一個人也沒有，坐在野餐布上的奶奶也在打瞌睡。

苦鹹的海水經過我的喉嚨沖進肺部。

無法呼吸，腦袋變得一片空白。

我第一次意識到什麼是死亡。

就在那時。

有什麼東西把我從海底往上拉。

是個全白的女孩。

大概只有小學高年級左右吧，她如魚般滑溜地在海中快速游動，轉眼間就把我拉到岸邊了。

我不停地痛苦咳嗽把水吐出來，她溫柔輕撫我的背部。

逆光中，我看不清她的臉孔。

但我還記得，那如同夏天的氛圍讓人印象深刻。

❄ ❄ ❄ ❄

0

令人懷念的氣味侵入我的鼻腔，讓我醒轉。睜開眼睛，窗外照進的淡淡光芒和深褐色天花板映入我的眼簾，我慢慢坐起身。房間中飄散著香氣，這是紅味噌的味道。側耳傾聽，可以聽見菜刀打在砧板上發出規律的「咚咚」聲。

走到客廳，就看見小夏身穿圍裙的背影。桌上擺著剛煮好的白飯、白蘿蔔味噌湯、煎蛋捲和芝麻涼拌菠菜，看起來很美味。

「啊，你起床了啊，早安。」

「早安。」

發現我起床後，小夏匆忙跑到我身邊。

小夏的氣味，淡淡飄散在空氣中。

「小透是今天第一節開始有課對吧？」

「對，上完課後得要到圖書館寫報告才行。」

「這樣啊，那要多吃一點增加體力才行啊。」

她說完後，彎起手臂做出擠出二頭肌的動作。

升上大學後，我們開始在鎌倉市區內的公寓中一起生活。這間公寓位於寧靜的住宅區一角，錢洗弁天和佐助稻荷就在附近。高中畢業後，我馬上離開老家展開獨居生活，經歷一段迂迴曲折後，小夏也和我一起住。

我們圍坐在小小的圓桌旁，雙手合十說聲「我要開動了」。

我先夾起芝麻涼拌菠菜品嘗。

「好吃。」

「真的嗎？」

在我誇獎後，小夏開心地笑瞇眼。

「嗯，總覺得有種讓人懷念的味道。」

「你是指我的調味很落伍的意思嗎？」

「不是啦，是很能讓人安心的味道。」

小夏很會做菜，從日式到西式、中華料理、民族料理等等，她有雙什麼都做得出來的巧手。其中，日式料理完全承襲她祖母的手藝，所以款式豐富多彩。家事是由我們兩人輪流做，但我非常期待輪到小夏煮飯的日子。

我邊把包入紫蘇和梅子肉的煎蛋捲送進口中，邊問：

「妳今天要去店裡幫忙嗎？」

「嗯，預計從中午左右開始幫忙。」

「那要到晚上嗎？」

「應該是吧。」

雖說「升上大學」，但去念大學的只有我，她沒有繼續升學，高中畢業後開始幫忙老家的工作。

「那我上完課之後繞過去那邊，六點左右可以嗎？」

「嗯，我知道了，等你喔。」

吃完早餐後，我在洗手台洗臉、刷牙，脫掉睡衣丟進洗衣機裡，把教科書等物品塞進包包中。儘管時間還早，強烈日光已經穿過窗戶玻璃曬進房間裡，桌上小夏親手用貝殼裝飾的相框被曬得閃閃發亮。根據氣象預報，梅雨季已經在上週結束了，今天似乎一整天都是晴朗天氣，感覺會很熱。

我說著：「我出門囉。」走出房間，小夏開朗的「路上小心」跟在背後追出來。

和她，和小夏開始一起生活，至今已過兩年了。

感覺很長、又感覺很短，這兩年內發生了非常多事情。

在不同家庭環境中生長了十八年的兩人，要在同一個屋簷下寢食共處，需要耗費與其對等的能量。有意見相左或習慣不同的時候，也常因為一點小事爭執，當然也會吵架。我也是那時才知道，她只要一生氣就會沉默不語。但最後絕對都會和好，我們也約好，吵架絕對不可以超過三天。

剛開始的第一個月，真的是彼此摸索的狀態。這可以、那不行、要做這件事前得先取得彼此同意。但是在確認答案的過程中，我也知道了她新的一面。舉例來說，不只知道她生氣時會沉默不語，她專注做一件事情時有摸耳垂的習慣也是這時才發現。第一次知道她會從喜歡的食物開始吃起，也知道她的睡相令人意外地差，其他還知道了許多事情。

當我對小夏說我的新發現時，她笑著說：

「小透也是一樣啊，我也是第一次知道你不喜歡吃青花菜，也沒想到你竟然那麼怕燙，也不知道你令人意外的愛乾淨啊。」

我想，規則這種東西肯定是在這種過程中建立，在細節磨合層層疊疊之下，一點一滴建構起我們兩人的關係。雖然也有辛苦的地方，但這樣的互動讓我感到很新鮮、很開心。

隨著我們兩人共度的時光增加，我對小夏的愛也日漸強烈。

開朗天真歡笑的小夏、從陽台向外遠眺的小夏、遇到不同意的事情就會鼓起雙頰的小夏、一臉認真看電影的小夏、看著我吃得津津有味的小夏，這一切都讓我無比愛戀。肯定遠在我們一起生活前，對我來說，她早已經是無比重要的存在了。

非常幸福。

甚至讓我開始覺得，這也許就是所謂的「家人」吧。
或許是因為和我在那之前接觸的「家人」全然不同吧。

1

步出公寓後沒走多久，我的手機開始震動。
從口袋中掏出手機一看，是仁科傳來的訊息：
『嗨，今晚有空嗎？要不要去喝一杯？』
上大學後，我和仁科仍舊保持聯絡。
正如同我對他第一眼的印象，我們兩人的個性幾乎可說完全相反，但不可思議地十分合得來。文化祭結束後，最後的八個月高中生活中，我們混在一起做了不少事，他也是第一個發現我和小夏開始交往的人。
「什麼，你們真的以為那樣算隱瞞啊？真的假的啊，我還當你們在玩遊戲耶。」仁科這樣說完之後捧腹大笑。

他是個很好相處的人。

從他一頭金色短髮的外表來看，總給人一種難以親近的感覺，但只要交談後就知道他有著受人喜愛的個性，一點也不難以親近。

仁科就讀距鎌倉車程三十分鐘，位於湘南台的大學，是這一帶入學成績很高的知名私立大學。他高中成績確實相當優秀，但我沒想到竟然好到如此程度，聽見此事時也嚇了一大跳。

「啊，這對我來說很輕鬆，輕而易舉的感覺啦。」

「你明明常常翹課的啊。」

「哎呀，就是天分啦，天才那類的？」

「或許真的是這樣吧。」

「開玩笑的啦，別當真。喏，重點是那邊只看數學和小論文啦，你也知道考試科目越少越輕鬆吧？」

「就算是這樣也夠厲害了。」

順帶一提，我光是考進一般評比為中上的學校就已經費盡千辛萬苦了，所以和仁科見面時，通常都是彼此大學的課上完後，順道喝個酒。

因為今天已經和小夏說好要去她家，所以決定把喝酒的約定延到明天，我回訊告訴他這件事後，他立刻簡短回我：『了解。那就約常去的那家店囉。』

放暑假前的大學，總讓人感覺飄散著一股散漫氣氛。

和高中以前不同，大學的暑假十分漫長。有的學校早一點從七月上旬就開始放假，也有一直放到九月下旬的學校。學校大概希望學生可以趁著這大約兩個半月的漫長假期，加深對課程內容的理解吧，但大家的行程大多都被玩樂與打工填滿。我也不例外，我的行事曆全被和小夏間的計畫與家庭餐廳的打工班表填滿。

校園內人煙稀少，蟬鳴幾乎可說是與之反比的吵鬧。日本油蟬、斑透翅蟬、熊蟬，牠們彼此像要大力主張自己的存在般大聲鳴叫，最後變成大合唱。

上課前，我先到學生中心的佈告欄確認接下來的計畫，突然有人喊我：

「唷，這不是相原嗎？」

喊我的是同一個研究室的同學，名字應該是……井上吧。因為我們座位很近，就是新學年開始時聊過幾次的關係。

「你有來上課啊，是小林教授的語學課嗎？」

「啊，嗯。」

「雖然是因為停太多次課沒有辦法，但還真希望他們別到這個時期還有第一堂課啊。啊，話說回來，你不來研究室的夏季合宿嗎？」

「啊，對不起，我剛好有事。」

「又來了。喝酒聚會之類的你也總是缺席，偶爾也露個臉啊。」

「啊——嗯。」

我含糊地回應這應該別無他意的開朗邀約。

時間上來看，真要去也不是沒辦法去，但就是怎樣都提不起勁來。

雖然不是現在才開始，我早在不知不覺中養成和他人保持距離的習慣。我可以和他人普通對話，也能和人交流，但若要更進一步，不管是要我向他人更靠近或是他人向我走近，我都會自然抗拒。因為我無法想像和眼前的人相處融洽、親密笑鬧的模樣。這樣一想，小夏和仁科對我來說果然很特別。

隨意和井上閒聊幾句後就和他道別，接著往上課的大教室走去。

❄
❄
❄
❄

我大多都會回由比濱海岸吃午餐。

雖然距離大學有一段路程，但是邊吃飯邊聽海浪聲讓我感到很舒服，我很喜歡。自從和小夏認識後，這片海灘成為我最能放鬆的場所之一。

午後的沙灘上擠滿來玩海水浴的遊客，非常熱鬧。我就坐在稍微有點距離的地方，吃著小夏為我捏的飯糰。飯糰的餡料是梅肉柴魚和紫蘇，為了在這種容易食慾不振的時期也能好好吃飯，飯糰中下了不少功夫，非常好吃。

我短暫度過一段悠閒享用飯糰的時光。

吃完飯糰後，我呆呆眺望著大海，如同亮白日光的剪影突然闖進我的視野。

我看過那張臉，那是……是那時的女孩。有著彷彿人魚一般的氛圍，拖著一隻腳步行的女孩。自從第一次見面以來，偶爾會在這裡看見她。但她不會像當時一樣來找我說話，只有在和我對上眼後，會露出靦腆笑容向我點點頭。

但是今天不一樣。

女孩拖著腳慢慢朝我走過來，接著向我鞠躬：

「你好。」

「啊，妳好。」

我也跟著打招呼：

女孩臉上帶著靦腆微笑，那笑容果然似乎曾在哪看過。

「今天天氣真好呢。」

「是啊。」

「我可以坐你旁邊嗎？」

等我點頭回應後，女孩拘謹地在我身邊坐下。她坐下時的動作也顯得不方便，所以我的眼睛不自覺飄向她的腳。大概是發現我的視線吧，女孩垂下眉角：

「我的腳天生就是這樣。」

她輕輕撫摸自己的腳。

「雖然有許多不方便，但我已經習慣了。」

「這、樣啊。」

「對，但是沒有關係。這腳，也是實現我的『願望』的約定……」

「……？」

我不太理解女孩的話中之意。

感覺這孩子老是說些意義深遠的事情，像是「夏天輪迴」、「不方便的腳是『願望』的約定」之類的。

女孩對著一臉訝異表情的我問：

「你有『願望』嗎？」

「願望？」

「是的。」

「……」

我不知道為什麼女孩突然問我這個問題。

但是我確實有「願望」。

比任何事情都還重要，非實現不可的強烈「願望」。

說我現在就是為了實現願望而努力也不為過。

「有喔。」我回答，「有……有一個無論如何都要實現、非實現不可的願望。」

「這樣啊……」

彷彿早已知道我會如此回答，女孩低下頭，露出一個像是在哭又像是在笑的複雜表情。

頭頂正上方的太陽，如同遮掩女孩的表情般，發住強烈的光芒照在她臉上。

❄ ❄ ❄ ❄

2

片瀨江之島站，過了傍晚時分後依舊相當熱鬧。

身為知名的觀光景點，這個時期會有非常多的海水浴場遊客、觀光客及釣客聚集到江之島來。觀光客到訪的尖峰時間當然是白天，因為接下來在附近有活動舉辦，所以今天到這個時間還有如此多人擠滿街道。

我走出小田急線讓人印象深刻的紅色車站後，走過江之島弁天橋，往本島前進。毫無遮掩的橋上十分通風，稍微冷卻走到這裡時已滿身大汗的身體，讓人感到十分舒服。花上五分鐘過橋後，商店街的入口就在眼前。

小夏的老家在商店街裡經營以海鮮丼飯為主要商品的餐飲店，因為他們家本來就是漁夫家庭，所以使用新鮮魚貨是最大的賣點，夏天的這個時期，生魩仔魚是最推薦的商品。

「哎呀，小透，歡迎你來。」

當我走進位於商店街一角的店家後，小夏的母親——奈奈子阿姨滿臉笑容迎接我。

「您好。」

「今天也到學校上課嗎？辛苦你了，小夏在裡面喔。」

『欸，等一下啦，我還沒有換好！』

店裡傳來像是尖叫聲的聲音。

『媽媽，綁帶到底要怎麼綁啊？』

「以前奶奶不是有教過妳嗎？」

『就算妳這樣說，我都已經忘記了嘛。』

看來，小夏似乎正在和浴衣奮戰中，感覺還要花上一段時間。

奈奈子阿姨邊苦笑邊說：

「小透，對不起喔。看她那樣子，應該還要很久，你要不要邊吃晚餐邊等她？小夏已經幫你做好一份滿滿愛情的特大碗海鮮丼飯喔。」

『討、討厭啦，妳不要講什麼滿滿愛情啦！』

雖然可以聽見小夏如此抗議，但是端上桌的海鮮丼飯上的配料，很明顯比商品的配料還要多，生魩仔魚堆成一座小山、兩隻大蝦都比碗還要大了。

我邊吃邊等小夏。

不管什麼時候來，這家店的氣氛總是如此和睦。

不只奈奈子阿姨，店裡的熟客也都是好人，總是面帶微笑看著奈奈子阿姨和小夏的互動。

小夏的雙親從早到晚都在這家店裡工作，休息時會出海捕魚，就算沒出海，也忙於準備工作和其他雜事，因此，小夏小時候才會都是初奶奶照顧。

「妳把這也拿去給他吃。」

突然有聲音從店內的廚房傳出來，大概是重行叔叔吧。奈奈子阿姨隨即跑進廚房，手上拿著豪華的竹筴魚姿造生魚片走回來對我說：「來，給你，那人要給你吃的。」

小夏的父親重行叔叔是個沉默寡言的人，是傳統師傅的個性，散發著不能輕易搭話的氛圍，但絕對不是不關心對方，只是態度冷淡些而已。雖是這樣說，我第一次見到他時，也被那份威嚴嚇壞了……

我回想起第一次拜訪這裡的事情。

那應該是高三暑假，我和小夏交往一個月之後的事情。

「小透，你今天要來我家嗎？」

「啊？」

那天，我們約好要一起寫暑假作業而在鎌倉車站前會合時，小夏突然開口問我。

「就是啊，我昨天和爸媽聊天的時候，講到你的事情。就……我跟他們說我有交往對象，然後他們就要我帶你回家。我就想，我們剛好約好要去圖書館寫作業，應該正好吧。」

「欸，但是……」

突然這樣說，我根本還沒做好心理準備啊。

就算不充分，第一次要到女友家拜訪，也應該要有一段準備時間和做好決心之類的啊。

但是，小夏絲毫不在意地笑著說：

「沒關係、沒關係，不要想得太嚴重，就當成散步途中順便過去坐一下，帶著輕鬆心情去就好了。」

「那個輕鬆的門檻未免太高了吧。」就算我這樣說，也被她敷衍過去。

結果，我就在小夏堅持之下前往她家拜訪了。

我想著至少要帶點東西，所以途中繞去由比濱海岸的某和菓子名店買蕨餅當伴手禮，雖然小夏說不需要那麼費心，但也不能空手。

小夏的家位於江之島，她說是在江之島的商店街裡開店，但今天是固定休息日。

說老實話，其實我有點不想去。

我對小夏的雙親懷有擔憂之心，因為我知道她的雙親忙於工作，把她交給初奶奶照顧的事情。所以我想，應該是對小孩子不怎麼在乎的雙親吧，如果是這樣……或許是我不擅長相處的類型。

「我回來了！我帶他來了喔。」

小夏一口氣拉開門，有位表情溫和的女性站在店裡。

「妳回來了啊，這邊這位是透同學嗎？」

「嗯，對。」

「果然沒錯，和我想像的一樣，是個看起來很溫柔的孩子。老公啊，小夏帶男朋友回來了喔。」

「……嗯。」

大概是聽見小夏母親的聲音吧，一個體格健壯的男性從店裡走出來。

「透同學，初次見面，我是夏的母親奈奈子。」

「……我是她爸重行。」

「初、初次見面，我是相原透，現在正在和夏同學交往。」

在我戰戰兢兢打完招呼後，小夏母親──奈奈子阿姨瞇眼一笑：

「別那麼緊張，放輕鬆點。透同學，歡迎你來。小夏第一次要帶男朋友回家，昨天在家裡搞得天翻地覆。把男朋友帶回家裡也不是那麼常見的事情，她一直說不可以對難得要來家裡的男朋友失禮。」

「喂、別這樣啦！妳不要一直強調男朋友啦，很害羞耶。而且我才沒有搞得天翻地覆耶。」

「還說沒有，昨天不只打掃自己房間，還一直拿衣服來問我要穿哪套家居服比較好，還把裝飾在起居室裡的花換新，跑來跑去亂糟糟的。」

「是、是這樣沒有錯啦。」

「呵呵，我還是第一次看見小夏那樣呢，老公，你說對不對。」

「……嗯。」

奈奈子阿姨說出口的話讓小夏無法反駁，重行叔叔也輕輕點頭附和。

只看這短短的互動，我立刻知道自己的擔心是多餘。

這個家的家人們關係很密切，或許因為忙碌而少有共處時間，但他們的心底都非常關心彼此，那裡確實有著眼睛無法目視的家人羈絆。

什麼啊——和我們家完全不一樣嘛。

和對其他人毫無興趣、就算是家人也絲毫不關心、感情早已完全冷透的我們家不一樣。

我湧上一股像是安心又像是放鬆的複雜情緒，小夏一臉不可思議地喊我：

「？小透，你怎麼了？」

「沒，沒什麼。」

「？」

那天的情況相當不得了。

女兒第一次帶男友回家，水原家因此舉家歡迎我。奈奈子阿姨問我們兩人從認識到交往的經過，我在害羞的小夏身邊語無倫次地說起我們熟識的經過。重行叔叔一語不發端出豪華的鯛魚姿造生魚片，緊張到幾乎食不下嚥的我，費盡千辛萬苦才把生魚片吃完。奈奈子阿姨接著拿出相簿，小夏看到之後發出驚聲尖叫，還慌亂地遮住我的眼睛，一陣混亂。熱鬧又雞飛狗跳，一點也不安靜，卻是一段笑聲不斷的開心時光。

「雖然有點害羞，但有帶小透來我家真是太好了。」

道別之際，小夏的這段話讓我印象深刻。

我想，我一輩子都不會忘記那天的事情。

❄ ❄ ❄ ❄

「呼～終於穿好了。」

在我吃完特製海鮮丼飯又等了十五分鐘後，身穿夏日浴衣的小夏終於現身。

她擺動著牽牛花圖樣的鮮豔浴衣衣袖，像是想知道我的反應般抬頭看我：

「好看嗎……？會不會很奇怪？」

「嗯，我覺得很好看，非常適合妳。」

「！」

小夏露出非常驚訝的表情。

「怎麼了嗎？」

「……沒想到小透會這麼直接誇獎我，害我害羞了啦。」

她的臉像是染上顏料般通紅，在我覺得她好可愛的同時，自己也感到害羞。

「走吧。」

我想要遮掩我的害羞伸出手，她輕輕握住我的手，柔軟、溫暖，彷彿夏天就在她手中。背後傳來奈奈子阿姨溫柔的「路上小心喔」。

我們前往即將要在由比濱海岸舉辦的鎌倉煙火大會。

以由比濱海岸等沿岸地區為會場，大約會施放兩千五百發煙火，吸引超過十三萬的遊客前來，是日本屈指可數的煙火大會。其中有部分煙火會朝向大海發射，成就出不是在夜空中而是在海中綻放的海中煙火，據說這是最值得一看的一點。

前往由比濱海岸沿途的路上有非常多小吃攤，我們在路上也看了幾家，買了炒麵、章魚燒和大阪什錦燒。確保好兩手滿滿的食物後，小夏露出十分滿意的表情。

「有這麼多好吃東西果然讓人心情雀躍呢，我覺得碳水化合物是正義。啊，那邊有剉冰耶！還有棉花糖和蘋果糖！」

那張笑臉完全是愛吃鬼的笑容。

「妳還真能吃啊。」

因為我已經在小夏家裡吃完海鮮丼飯，只吃一點章魚燒就讓我舉白旗了。

「甜點是另一個胃嘛，不管多少都吃得進去。小透要吃嗎？」

「我放棄了。」

從小夏纖細的身形難以想像，她的食量驚人。都吃下這麼多熱量了，多少增胖一點也不奇怪，卻連一點變胖的徵兆也沒有。不，說不定隱藏在浴衣底下看不見的部分並不如外表所見。

「啊。」

此時，小夏突然轉過頭來直直看著我的雙眼。

「什、什麼？」

在我以為被看穿心思而驚慌失措時，她說出我絲毫沒有想到的事情：

「說到吃不下，小透第一次來我家時，你那時候也沒把鯛魚生魚片吃完耶。」

「欸，是這樣嗎？」

「嗯，我那時候還想，好意外喔，沒想到你食量這麼小。」

「不對，我記得那時候我應該努力吃光了啊……」

小夏用強烈語氣肯定地說：

「咦，是嗎？不、不對不對，你沒吃完喔，我肯定。」

到底是哪個啊？她這樣一說，我也覺得似乎是如此，印象非常模糊。話說回來，每次去小夏家，她父親總會端出哪種魚的姿造生魚片，老實說我根本記不清楚。

「啊，煙火要開始了喔！」

我隨著小夏的話抬頭看天空，接著看見夜空中綻放出一朵又一朵巨大花朵。

小夏小聲驚嘆：「哇……」

這是一場光與聲音的饗宴。

菊花煙火、牡丹煙火、Star Mine 煙火，以及水中煙火。

聽說夏天的煙火也有鎮魂的意義，為了祈求死者靈魂安寧與平穩，讓花朵在闇夜中盛開。不可思議的，在「人魚海灘」上看的這場煙火，讓我感受更深切。

抬頭看著夜空，我深深吐一口氣。

回想起來，我根本不曾想像過自己竟然有天能像這樣和某個人一起看煙火，有個可以放心依賴的人在身邊。我一直以為自己不可能遇見這樣的人，事實上，遇見小夏前，我根本沒喜歡過任何人。這是為什麼呢？小夏很特別，或許我從她那如明亮夏天且貫徹自我意志的表情中，感到什麼讓人懷念的面貌吧。

當我邊瞇眼看著傾瀉而下的煙火光芒邊想著這種事情時，小夏的纖細手腕突然挽住我的手臂。細微的重量靠上來，這些微的重量與溫暖，肯定是幸福的象徵。確實感受著小夏的觸感，我們仰望天空。

最後，在連續發射的煙火將夏日夜空染成白晝後，煙火結束了。

黑暗與星光回到夜空中，周圍在剎那寧靜後，響起遊客們的聲音。即使如此，我和小夏又站著仰望夜空一段時間，感受夜晚盛開的花朵氣味。如同要看完電影片尾字幕後才會起身離開一般，我們喜歡沉浸在寂靜的餘韻中。

「——我們明年再一起來吧。」

這句話自然而然脫口而出。

我想，這大概是我由衷的冀望吧。

但是小夏聽到我這句話後，卻搖頭：

「……我不要這樣。」

「欸？」

沒想到她竟然會拒絕，我不禁轉過頭看她的臉，她又繼續說：

「……我不要只有明年，不只是明年，後年、再下一年、下下下一年、下下下下一年，我想要一直和小透在一起。」

「那、那是指……」

我嚇了一跳，只見小夏雙頰通紅，彷彿變成一個巨大蘋果，連耳朵都紅透了。

「真、真是的……總覺得我在小透面前淨說些羞死人的事情啊。」

「小夏……」

「這全都是小透不好啦，討厭。」

「嗯，對不起。」

我們兩人的雙唇在黑暗中交疊，只是一個輕輕碰觸，溫和且簡單的吻。我從小夏的唇上，嘗到蘋果糖的味道。
煙火施放後的火藥氣味。
有種柔軟感覺的夏日空氣。
混雜在喧囂聲中的細微浪濤聲。
真希望這段時間永遠不要結束。
在這永不結束、無限輪迴的夏日中，直到永遠。
我們隔著浴衣感受彼此的體溫一段時間後，小夏突然低喃：
「要是這樣的每一天永遠不會結束就好了……」
「小夏……？」
「有小透、有我，平穩且幸福的每一天，永遠不結束……」
小夏說著，握住我的浴衣的手又握得更緊。
接著微微抬頭看我說：
「——對了，說不定差不多已經能帶你去看了喔。」
「？看什麼？」

我不解回問，小夏有點不悅地立起食指：

「你忘記了嗎？『七月雪』啦。」

❄ ❄ ❄ ❄

❄ ❄ ❄

「七月雪」。

她實際上真的帶我去看七月雪是在那很久之後的事情，看完後，我心中的感想是「和我想像的有點不太一樣」。

住在深海的人魚們翩翩起舞後飄下的雪白粒子。

但那確實是白雪。

在七月降下的白雪。

3

我和仁科約在站前的居酒屋見面。

這是一家全國連鎖，大學生們最愛去的便宜居酒屋。因為我和仁科的家反方向，正好把鎌倉車站夾在中間，所以和仁科約喝酒時大多約在這邊。

比約定時間遲了五分鐘左右抵達時，仁科已經在店裡了。他一手拿著啤酒，默默啃毛豆。發現我的身影後，把手上的毛豆殼丟進碟子中，朝我揮手。

「唷，好久不見耶。」

「我們上週才見吧。」

「咦，有嗎？」

「有，你說隔天要交的報告寫不完，為了振奮精神，才一起喝酒的不是嗎？」

「啊，好像有這麼一回事。」

我和仁科總是聊些無關緊要的事情，像是有個學分很危險、這星期吃到最好吃的拉麵是哪家店、最近常出現在電視上的那個女藝人很可愛之類的，兩個男大生在居酒屋裡能聊的話題大抵就是這些吧。

「你和水原還順利嗎？」

「嗯，託福託福。」

「這樣啊，要結婚嗎？」

「還沒想那麼遠，但是，確實有想……總有一天要結婚。」

對現在的我來說，和小夏相處的時光已是無可取代的存在了。雖然還沒有具體討論，但我希望，能在不遠的將來談論這件事情。絕非我自戀，我想小夏也有相同想法。

仁科一口氣喝完手中的啤酒後說：「也是，完全無法想像你們兩人分手的樣子啊。」我手中的啤酒也少一半了。

「你們倆從高中起就甜甜蜜蜜的了，還兩個人一起翹課，跑去那什麼來著？海灘淘沙是吧？」

「確實做過那種事情呢。」

「真的總是膩在一起，連我在旁邊看都要跟著害羞了。就是『我們倆的世界中只有彼此了～』的感覺。」

仁科一副很噁心地顫抖身體，我輕輕槌了他肩膀一下。

雖是這樣，確實——那時的我們，眼中真的只有彼此了。光是兩人一起做些什麼就很開心了，講個極端一點的例子，光是併肩坐著看大海就很幸福。要是有人吐嘈「你們現在也沒差到哪去吧」，我也無可反駁。

仁科邊把毛豆丟進嘴裡邊說：

「但是，有種理所當然會如此發展的感覺啦，你們倆也確實非常相配，我記得是水原向你告白的對吧？在由比濱海岸。」

「咦？」

這句話讓我感到些許不對勁。

雖然非常細微，確實感到奇怪。

「不對，告白的人是我才對，地點是由比濱海岸沒錯。」

「咦，是這樣嗎？」

「嗯。」我點頭回應仁科的疑問。

有股不甚了然的感覺，似乎在不久前，也曾有過類似感受。

當我對仁科說出自己的感覺後，他很開心地說：

「聽說這種感覺就叫做曼德拉效應喔。」

「曼德拉……？」

我連聽都沒聽過這個名詞。

「對，過去的記憶在不知不覺中變得與事實完全相反，這種現象就叫做曼德拉效應。是因為有很多人都以為曼德拉在一九八〇年死於牢裡，但其實他是在二〇一三年才過世，所以被稱為曼德拉效應。也有一種學說認為這證明了平行世界可能存在。」

仁科在大學裡似乎是學習量子力學這類的東西，所以偶爾會說出很困難的東西。我大概只能理解一半左右的內容，但聽仁科說這些小知識非常有趣。

「也就是說，這個宇宙中同時存在著無數個多次元世界，而我們總是在這些世界之間往來。和事實不同的記憶，其實不是自己記錯，而是在另一個可能性的世界——也就是平行世界中發生的事情，這證明這是我們接觸了平行世界中的自己的記憶，這就是平行世界學說的假說。」

平行世界，以前我曾在科幻小說上讀過這種內容，也就是所謂的平行宇宙啦。

「也就是說，在其中一個平行世界中，是我向小夏告白，接著因為某個原因，我把那個記憶當成事實了，是這樣嗎？」

「喔，孺子可教也，就是那樣啦。」

仁科非常滿意地點頭。

「當然也有可能相反，可能有個平行世界是水原向你告白，而我接觸了那個記憶，或者是我和你都受到平行世界的影響了。」

「結果還不就只是誇大解釋記錯而已嘛。」

「是啦，也可以這樣想，但誰也不知道真相是怎樣啊，這個世界上什麼都可能發生啦。」

「這世界上沒有絕對不可能，就像『七月雪』一樣。」

小夏過去說過的話在我腦海內重播。

「嗯，說這麼多，但大概只是我搞錯啦，別太在意醉鬼的瘋言瘋語，哎呀，比起那個，再多喝一點吧。」

「我的還剩一點。」

「那馬上喝光就好了啦。」

仁科拿起酒杯輕撞我的酒杯，這不知道是我們今天第幾次乾杯了。

結果，我們倆一直喝到快十二點才解散。

那天是個月色很美的夜晚。

比平時更加鮮明的圓潤輪廓帶著些許青光，彷彿像是「人魚海灘」的夜光藻跑到月亮上般，我曾經在某本書上看過，這種現象名為藍月。

我帶著微醺回家後，小夏還醒著等我回家。

「啊！你回來了啊。」

看見我的身影後，原本坐在書櫃前的小夏彈跳起身。

「？妳做了什麼了嗎？」

「咦，為什麼這樣問？」

「沒，只是感覺不太一樣……」

房間裡給我一種奇怪的不協調感，說不上來，感覺像是打掃到一半，一種讓人靜不下來的氣氛。

但是小夏搖搖頭：

「那應該是你的錯覺吧？我是稍微整理了一下，也只有這樣喔。啊，你要吃茶泡飯嗎？」
「啊，好啊。」
雖然怪異感沒有消失，但也不是需要深究的事情，所以我沒再繼續追究。
當我在桌邊坐下後，小夏立刻端出鮭魚茶泡飯和自製的醃漬白蘿蔔，白蘿蔔用米糠醃漬得非常入味，是我的最愛。
小夏在我對面坐下，問我：
「仁科過得怎樣呢？」
「那傢伙一點也沒變，還是喜歡說些聽不懂的東西。」
「這樣啊，我已經一段時間沒見到他了。」
小夏像是望著遠方般說：
「好懷念高中時期喔，明明才過三年而已，感覺已經是很久以前的事情了。」
「話說回來，我們倆告白的是……」
「？」
「……嗯，沒什麼。」

原本想問，還是放棄了。

現在也不是聊仁科說的平行世界理論的氣氛，而且，誰向誰告白一點也不重要。我們兩人的心意互通，現在正一同度過相同時光，這樣就足夠了。

小夏笑著說：

「？你好奇怪喔。」

——結果，我是在她走了之後，才知道那股不協調感的真面目是什麼。

在失意的谷底中，我發現了那個、發現了那些東西。

那時，我才知道她的心意有多深。

然後……現在回想起來，那是和小夏度過的最後一個夏天了。

度過安穩且寧靜的時光，因為一點小事互相歡笑，有時也有爭執，但馬上就會和好，一起迎接新的一天。

對我來說，七月的結束等於夏天的結束。

不管是八月，還是之後的九月，全都不是夏天。

和她度過的……這個夏天，是唯一能稱得上是夏天的時光。

到現在，只要我閉上眼睛就能看見。

和小夏一同度過的七月的每一天。

以及失去小夏的七月結束那天……無比炎熱的那天。

❄❄❄

4

和小夏度過的每一天，全都是安穩的時光。

和她一起生活的第三個夏天過去、帶著一絲寂寥的秋天結束、讓人吐出雪白氣息的冬天過後吐露新芽的春天就等在前頭，接著，炎熱的夏天又再度來臨。而我們對彼此的感情，就像是白雪飄降地面，一點一滴堆疊累積一般，緩慢也確實地逐漸增厚。

不知不覺中，我也升上大學四年級，迎接和小夏交往之後的第五個夏天。這段期間，我多次前往小夏家拜訪，小夏也還是在家裡幫忙，放長假的時候，我也到她家住過好幾天。但是，我一次也沒回自己家，這三年內一次也沒有。應該在家的父親什麼也沒說，我也早已死心了。

雖是這樣說，在旁人眼中，這似乎是個很詭異的事情。

某天，小夏終於忍不住問我：

「話說回來，小透家裡是什麼樣子啊？」

倒不如說，她也忍夠久了才問這個問題。因為我從來不會主動提到家裡的事情，所以小夏也顧慮我，不敢多問吧，但她也已經要到極限了。

「如果方便的話，我也想要去打聲招呼……耶，那也是小透的家人啊。」

「那個……」

我不知道該怎麼說。

我大概能想像帶小夏回家之後會發生什麼事情，但就算用口頭說明，我也不認為小夏能理解，那不是說說就能懂的事情。我稍微沉思之後，決定選擇答應小夏的要求。

在那三天後的週日，我和小夏一起回我家。

那天很悶熱，七月難得濕度這麼高，汗水浸濕衣服緊貼在身上。邊感覺自己在泡三溫暖，邊爬上陡峭斜坡，接著繼續往前進。出現在眼前的老家，與三年前相較一點也沒有改變，肯定今後也不會有太大改變，依舊像個廢墟般佇立在那裡吧。

打開門鎖走到起居室後，看見父親就在裡面。

「爸，我回來了。」

父親轉頭看著三年不見的兒子，那眼神彷彿在看著陌生人。

「……啊。」

他只吐出這個字又轉過頭去看報紙，接著再也沒說一句話，完全感覺不到他對我們有絲毫興趣。

「那、那個，我、我叫水原夏，現在正在和小透交往，今天突然前來打擾……」

就算小夏戰戰兢兢向他打招呼，他連看也不看小夏一眼。

「……啊，這樣啊。」

父親看著報紙回應後，又沉默不語，彷彿像個裝飾品，一點反應也沒有，我可以看見小夏有多困惑。

接著，父親終於站起身，慢吞吞地朝大門方向走去。

「你要去哪？」

「……賽馬場，今天有個重要比賽。」

父親頭也不回走出門，他一次也不曾主動對我們表達興趣，開口對我們說話。

看著小夏一臉茫然呆看父親的背影，我對她說：

「……對不起，我早預想到應該會是這樣。」

「那個，你母親……」

「我媽很久以前就離婚不在了，我連她現在在哪裡做什麼都不知道。」

「這、這樣啊……」

接著，我們離開家，走到附近的公園。明明是來拜訪家人的，主角的父親卻是那副模樣，那留在家裡也沒意義。小夏一路上一句話也沒說。

「我們家從很早之前就是那種感覺了。」

「哎……？」

抵達公園後，我沒有看小夏，小聲地說：

「就算我好幾年不回家，我爸也不會在意。我想，就算我不和他聯絡、他完全沒有我的消息，應該也不會擔心我吧。」

公園裡，有爸爸陪著小孩玩傳接球，他們兩人滿臉笑容，邊喊出聲邊丟球。我以前看到這一幕時還覺得羨慕，現在，這種心情早已枯竭了。

我大大吐出一口氣後說：

「我的父親……更應該說，我的雙親都對他人一點興趣也沒有。」

與其說很久以前，不如說從我有記憶起，就感到不對勁。

為什麼母親總是不在家？為什麼別人家母親會做飯，我們家卻從未如此呢？為什麼桌上放的不是母親親手做的便當，只有錢而已呢？為什麼母親從不曾和我一起入睡，從不曾帶我到公園去玩呢？

但父親卻不曾抱怨過母親，為什麼父親總是一句話不說呢？為什麼父親從來不曾笑？為什麼就算我向父親說話，父親也不會答話呢？

母親是個拋棄母親職責，選擇當一個女性的人。她幾乎不回家，我之後才知道，除了父親之外，她似乎還有許多情人。

父親對母親十分執著，母親是他世界的中心，除了母親之外一切都不重要，連我也不例外。父親和母親不同，總是待在家裡，但是我幾乎沒有和父親一起做些什麼的記憶。父親總是只在意母親，但那也不代表他深愛母親，他只是喜歡對母親全心奉獻的自己而已。

也就是說，我的兩個家人，都是對自己以外的事物毫無興趣的人。

我不知道這兩個人為什麼會結婚生子，結果就是生下我，讓我在一個沒有感情、無機的家庭中長大。

在我小學高年級時，已經隱約察覺，這世界上有著無論怎麼努力也無能為力的事情。

他們對他人毫無興趣，只關心自己，明明是自己的孩子，卻沒有辦法愛我。

我花費了滴水穿石般的漫長時間後，才了解自己的雙親是這類人。也因此在我心中刻下一道深深的裂痕，當我發現時，已經無法將這分心情排除在外了。

即使如此，他們還願意幫我出生活費就讓我夠感激了。

但是，除了錢以外所需的東西——大概對孩子是最不可或缺的——愛情之類的東西，幾乎可說完全沒有給予。

我被父親、被母親拋棄了。

在這世界上，只剩我一個人了。

這種想法，一直在我腦海中揮之不去。

當我說完一切的同時，小夏緊緊抱住我。

「小夏……？」

小夏一語不發。

一句話也沒說，只是像用全身包住我一般，用盡全力緊緊抱住我的身體。

小夏好不容易擠出聲音說：「你一直……一直都自己忍耐著吧。」

淚水在她的臉頰潰堤。

「你的心……你的心一直在尖叫，一直發出無聲的尖叫。可是，我卻沒有發現這件事，明明就離你最近，卻沒有發現你這麼痛苦。對不起……」

「才沒、才沒那回事。」

雙親對自己毫不在乎一事，我早就已經習慣，早就沒感覺了。

雖然變得不擅長與他人深交，除此之外，也沒感到什麼不方便。應該……沒有這種感覺。

但是小夏卻搖搖頭：

「深深受過的重傷……會留下傷疤，深到會讓你幾乎忘記自己曾經受傷，但是，只是沒有感覺而已，傷疤確實還在，不是消失了，也不是打從一開始就沒受過傷。雖然不會痛，卻還是一點一滴傷害著你的心和身體……」

「……」

「我不會對你說『總有一天會海闊天空』這種不負責任的話，不對，我說不出口。我不會說『其實你的父母不是那樣的人、肯定是有什麼理由才會變得那麼冷淡、說不定今後會有所改變』這類的話，但是──」

接著，小夏直直盯著我的雙眼。

用著堅強的眼神說：

「我可以說……你絕不是孤獨一人活在世上。你別覺得你是孤獨一人活在世上，我……不管發生什麼事情，都會在小透身邊。」

為什麼呢？

這句話像是融化成水般慢慢滲入我的心。

像是要把岩石鑿穿出來的痕跡掩埋般，像是淨白的雪花飄降堆積在龜裂的地面上一般。

原來是這樣啊，我一直……一直希望有人能對我這樣說、一直希望有人對我說這種理所當然的話。

或許那正是，正是我的「願望」。

希望有人肯定我不孤單——希望可以衷心信賴誰。

不知何時，在玩傳接球的父子檔已經不見了，公園裡只剩下我們。寂靜中，鞦韆隨風搖擺，鞦韆發出的金屬摩擦聲，不知為何聽起來非常響亮。

「……和那時相反呢。」

「欸？」

小夏小聲低喃：

「小透緊緊抱住我的那一天，奶奶……奶奶過世……那天。」

小夏輕輕說出的話，讓我想起那天的事。

那應該是四年前，一個雪花飄飛的冬日。

聽見初奶奶病況驟變的消息，我們急忙趕到醫院。

那天很冷，吐出的氣息變成一團白霧，空氣冰冷得讓人覺得就快要被凍死了。

當我們趕到病房時，初奶奶正在睡覺。

她的呼吸平穩，完全看不出來像是瀕死狀態。但是聽醫生說，她已經連醒來的力氣也沒有，應該就這樣慢慢走向生命盡頭吧。

重行叔叔和奈奈子阿姨也在病房裡，他們和小夏一起緊緊握住初奶奶的手，像是在祈禱什麼一般，互相看著彼此的臉。

就這樣，到底經過多麼漫長的時間呢。

終於，那一刻到來了。

初奶奶的呼吸變小、變細，最後變得幾乎完全感覺不到了。小夏和雙親大聲喊著初奶奶的名字，初奶奶大概聽見了吧，最後又再一次睜開眼睛，小小聲在小夏耳邊說了些什麼，接著，初奶奶再也沒有睜開眼睛了。

我們馬上被請出病房，接著，醫生和護士幾人進入病房。重行叔叔與奈奈子阿姨和醫生說些什麼，我一轉眼，發現小夏不見了。

「小夏？」

是跑去哪裡了呢？我到處找，最後發現小夏獨自站在醫院中庭。

「小夏——」

「我很好。」

「欸？」

在我要對她說些什麼之前，她先開口說：

「我很好，喔。因為……已經做好心理準備了。小透，謝謝你，謝謝你擔心我。」

「小夏……」

「哎呀，你別這個表情嘛。」

她拍拍我的肩膀，努力勉強自己露出笑容。

但是那張僵硬笑臉，只讓我覺得她正努力壓抑自己就快要被撕裂的心。

所以，我沒辦法放著她不管。

當我發現時，我已經緊緊抱住小夏了。

「小透……？」

「不可以……」

「什麼……？」

「難過的時候……不好好哭出來不行。哭出來，全部發洩出來。如果不這樣，心就會不斷耗損，耗損到……完全消失不見也不會發現。沒關係，在這邊哭，妳的哭聲也會被雪聲掩蓋。」

「小透……」

「好嗎？」

小夏在我懷中，抽抽噎噎地大聲哭泣。

她緊緊地抓住我的衣服：

「……奶奶，這樣說……」

「什麼？」

「……奶奶……最後說了謝謝……她說『有小夏在身邊、小夏可以出生，我很幸福』……我什麼也沒做……明明什麼都沒有為最喜歡的奶奶做，可是她卻……」

「……」

「……我不要……就這樣說再見……不要啦……我好想和她在一起更久、更久……我好想要多盡孝啊……」

「……」

「……嗚……嗚嗚……」

小夏就這樣低聲嗚咽。

在我胸前，壓抑聲音哭泣。

而我只能靜靜地撫摸她的秀髮。

對啊，現在和當時真的完全反過來呢……

「——我現在把你當時對我說的話直接還給你，難過的時候哭也沒關係喔，不對，得要哭出來才行。如果不這樣，心就會不斷耗損到消失不見。因為你會沒有發現傷口在那邊……」

「小夏……」

當我發現時，淚水已經冒出眼眶。

我在小夏懷中，如孩子般把身體託付給她，哭出聲來。

我心中的傷痕……肯定無法簡單消失。我大概得把它當成自己身體的一部分，和它共處一輩子吧。

但是，我可以慢慢面對。

就算沒有辦法痊癒，也能減緩傷痕帶來的痛楚。

感受著小夏懷中的溫暖，我相信我能做到。

5

七月中旬過後，大學也開始放暑假了。

我和小夏兩人，一起到近郊來趟兩天一夜的小旅行。

我也升上大四，已經是要開始為就職做許多準備的時期了。因此，再來也很難有兩人共處的悠閒時光，所以才想要來一趟旅行，創造兩人之間的回憶。

旅行的目的地是伊豆。

「我好久沒有搭特急電車了，會不會覺得有點雀躍啊。」

我們得先從鎌倉搭橫須賀線到橫濱，接著轉搭特急踊子號。搭乘特急列車的旅行讓人感受到新鮮氣氛，那份開放感讓人心胸雀躍。單趟約兩小時的車程即可抵達我們預定要住宿一晚的伊豆。

我早已決定要一起做許多事情。

因為已經在附近的潛水用品店預約好潛水體驗課程，所以我們先去飯店寄放行李後，往海邊前進。

小夏和我都是第一次潛水，所以先上完基礎理論的講座後，才實際潛入海中。

「雖然有到海邊游泳過，但還是第一次潛水呢，有點緊張耶。」

小夏這樣講，看起來好像有點緊張，至於我，說不緊張也是假的。

但實際上潛入海中後，緊張的心情馬上就飛到雲霄外了。

首先，海裡的五彩繽紛讓我驚豔，原本以為這一帶的海域都是沙丁魚或是竹筴魚那類很平凡的魚類，完全不是如此。在可以看見前方十幾公尺的透明水中，有讓人誤以為身處南國的各色魚類悠游。小丑魚、半線天竺鯛、柴魚、耳帶蝴蝶魚、壁魚、獅子魚、旗鰯魚。據說其中也有許多是隨著黑潮從南邊來到這裡，但到秋天後，會因為水溫下降而死掉的死滅洄游魚。

不只如此，也有非常多魚類以外的生物，可以看見海膽、海葵、螃蟹、蝦子、海蝸牛、海星及海參等許多平時不常見的生物。

看到如此龐大數量的魚影，小夏可能是太過震撼，戳戳我的肩膀。

（好壯觀喔，有好多漂亮的魚喔。）

（嗯。）

（既然有如此多漂亮的魚類，那人魚真的存在也不奇怪了呢。）

在水中時，嘴上咬著潛水咬嘴的關係，實際上並沒有如此對話，但我覺得小夏確實說出這樣的話。上岸後進一步確認，和我的猜想幾乎一致，我那時也忍不住露出笑容。

小夏似乎因為眼前光景解除緊張感，在那之後，我們享受了十五分鐘左右的悠閒海中漫步。

結束潛水活動後，我們在附近的海灘上尋寶，感覺我們兩人已經好久沒像這樣一起尋寶了。

「不知道有沒有辦法再找到平瀨寶螺。」

「應該很難吧，那也不是那麼容易就能找到的東西。」

「是這樣沒錯，但還不知道喔。小透也在這邊，說不定又會發生意料之外的事情啊。」

「這樣啊。」

聽說這一帶海岸幾乎沒辦法找到平瀨寶螺，正確來說，應該是比和歌山更南邊的海邊才有辦法找到。這樣一想，當時可以在由比濱海岸找到平瀨寶螺，幾乎可以說是奇蹟。

小夏笑著說：「那簡直可以說是小透的才華了吧，海灘淘沙的才華。」

但很可惜，這次沒能找到平瀨寶螺，但我們找到了海豚耳骨、海膽殼等等也很稀有的東西。

充分享受海灘淘沙樂趣後，我們接著前往伊東彩色特色屋。那是個規模頗大的道之驛，裡面擺滿各種伴手禮和名產品。我們在裡面物色要送給奈奈子阿姨和重行叔叔的禮物，還有自己想要的東西。

「送玉綠茶給奈奈子阿姨他們好嗎？」

「嗯，送生芥末給爸爸好像也不錯。啊，你看、你看，是伊豆限定的紅金眼鯛勃起妖怪吊飾耶！好可愛喔。」

「紅金眼鯛勃起妖怪……？」

「欸，買這個好不好，然後我們成對一起掛在手機上。」

「……掛這個？」

「嗯！」

看小夏如此開心，我也只能點頭了。

結帳之後再重新仔細看，讓我不得不覺得，紅金眼鯛勃起妖怪的造型雖然獨特，但應該位於離「可愛」這個形容詞最遠的位置上吧。我在內心邊苦笑邊想，要是被仁科看見我們兩人都掛這個，大概又會被取笑了吧。

回到飯店時，太陽已完全下山，周遭已染上一片夜色。

因為早已辦完住房手續，所以就到櫃台告知櫃台人員要領取房間鑰匙，櫃台人員對小夏說：

「本飯店提供女性住宿者可以自由選擇在館內穿著浴衣花色之服務，請問您有需要嗎？」

「哇，好漂亮喔！選哪個都可以嗎？」

「是的，請自由選擇。太太，請問您要選哪個花色呢？」

小夏聽到這句話後，不知所措地眨眼：

「啊，那個……我，我不是他太太。」

櫃台人員接著微笑說著：「欸？啊，這真是太不好意思了。因為兩位看起來非常登對，所以我才誤會了。」

「……」

「……」

他害我們倆彼此互看後滿臉通紅。

我突然想著，未來我會和小夏結婚，以一家人的身分再度來這裡嗎？如果能實現，那時說不定也有孩子了，而且可能不只一個，而是有兩、三個孩子。光是想像有這種未來，就讓我胸口溫暖起來。

小夏最後選擇菖蒲圖樣的浴衣，她先前穿過的牽牛花也很好看，這種很穩重的花色也非常適合她，但說老實話，不管什麼圖樣，看在我眼裡都很適合她吧。

我們的房間是相當寬敞的和式房間，連晚餐也會送進房裡吃。金芝麻豆腐、當地捕撈漁產的綜合生魚片、奶油醬油香煎鮑魚、燉煮紅金眼鯛等等，每道菜都很好吃，我們倆讚不絕口。小夏還一臉認真地說她要把燉煮紅金眼鯛的味道牢牢記住。

接著，說起伊東便不得不提溫泉，這間飯店裡有三個露天溫泉，其中一個提供入住者包場，我們很幸運在提出申請時就預約到了。因為幾乎不曾一起入浴，小夏很不好意思地笑著說：「總、總覺得……很害羞耶，哈哈哈。」

好幸福。

像這樣和小夏共度的時光，是什麼東西都無法取代的寶物。

可說是在名為「人生」的廣大沙灘上找到的平瀨寶螺。

❄❄❄

夏蟲的鳴叫聲穿過窗戶傳進屋內。

淡藍色的輕柔月光穿過窗簾的縫隙，照進房裡。

總覺得無法入睡。

大概是白天玩得太開心了吧，雖然身體很疲憊，腦袋卻很清醒，像是校外旅行中的小學生一般，意識非常清楚。

沒錯──太開心了。太開心，開心到心裡被這一切佔滿。所以才會產生這種時光會永遠延續下去的錯覺，產生我可以和小夏成為家人，共度平穩一生的錯覺。要是一直維持這樣，絕對無法實現這件事啊。

我翻過身。

不習慣的被窩讓我感覺陌生，我的身體叫囂著不自在。

「——欸，小透，你還醒著嗎？」
聽見有人叫我，我把意識轉向注意外界。
轉頭看身邊的被窩，只見小夏看著這邊。
我輕撫小夏的頭髮代替回應。
「啊，果然還醒著，你裝睡。」
「不是裝睡，只是遲遲無法入睡而已。」
「欸～真的嗎～」
小夏從喉嚨發出輕笑問我：
「小透，我可以過去你那邊嗎？」
「欸？啊，好。」
在我點頭後，小夏一臉開心地鑽進我的被窩裡，接著直接縮在我胸前。
「嘿嘿，是小透的味道。」
「汗臭味不重嗎？」
「一點也不，我很喜歡小透的味道喔。」

小夏這樣說著，在被窩裡像是跑來找人玩的小貓一樣縮成一團。

「總覺得這樣讓人好安心，嗯——像是被小透包圍一樣。」

「妳讓人意外的很愛撒嬌啊。」

「只要面對小透，我心中的撒嬌數值就會滿到極限。」

「那什麼啊？」

「唔，你這麼認真問，我會不好意思啦……總、總之，就是……喜歡小透啦。」

我們兩人天南地北隨意聊天、談笑。

漸漸地，我們兩人的話越來越少。

寂靜包圍住我們，只能聽見窗外傳來的樹葉摩擦聲。

小夏直直看著我的眼睛。

她的臉龐在月光照射下，帶著淡藍色。

接著開口：

「小透——」

「什麼？」

「你……想不想要，孩子？」

她的語調相當平淡，卻帶著一股對待重要東西的音調。

「孩子……」

「嗯，男生、女生都好。」

我不是沒想過，既然已經想像和小夏的未來，當然也會思考這個可能性，與之同時，我也有煩惱。

我煩惱，自己能不能關心未來將要出生的孩子，擔心自己會不會和雙親一樣，對自己的孩子毫無興趣。我當然不希望、也沒打算變成那種父母。只不過，依舊有些許不安，所以……那時才沒有辦法下定決心。

才會拒絕她。

如果我當時接受她的要求，事情是不是會變得不同呢？

如果我可以毫不猶豫立刻回答，未來是不是會有所改變呢？

我不知道。

結果，我當時還是沒有辦法回應她的期待。大概是從我的態度中察覺到什麼吧，小夏帶著落寞的笑容說：「啊，對、對不起。我不是指現在馬上要怎樣，只是想，小透明年也要開始工作了，一切上軌道之後或許可以考慮……啊，別在意啦。你忘記我剛剛說的話吧。」之後，她再也沒多說什麼，那……那是我至今還會夢見的遺憾之一。

但是，這一次不同。

只要和小夏在一起，不管發生什麼事情肯定都能跨越。

可以創造一個幸福、讓人安心的家庭。

我現在已經能這樣想了……沒錯，只要小夏陪在我身邊。

所以，我如此回答：

「我和小夏一樣心情。」

「欸……？」

「我也想要孩子，想和小夏……一起建立家庭。」

「小透……」

穿過窗簾縫隙照進房內的藍光，輕輕包裹住我們兩人，窗外的樹葉隨風搖擺發出沙沙聲響。

我緊緊抱住小夏，溫暖、柔軟，如同夏日暖陽的觸感，飄散著淡淡香皂和小夏的香氣，我再也無法忍受了。

我不想要放開她。

不想要再次失去。

再次用盡全力緊緊抱住她。

我只是全心愛著在我懷中的小夏。

房間裡飄散著溫柔氣息。

被月光染成淡藍色的五坪空間中，小夏在我懷中發出輕輕的氣息沉睡。

我輕輕撫摸她的秀髮，看著窗外的月亮。

連我也難以置信，自己竟然會迎接這樣一天。

曾經覺得自己根本不可能想要擁有家庭，事實上……當時也確實如此。我沒有辦法下定決心正面回應小夏的深情。

但是，我這次能做出完全不同的決定了。

可以採取讓自己不會後悔的行動了。

這世界上沒有不可能，就像是「七月雪」。

我打從心底真實感受到「小夏說的話是正確的呢」。

❄ ❄ ❄

6

對我而言，小夏到底是個怎樣的存在呢？

無論何時都能照亮我的太陽、我無論如何都得保護的人、可以和我走向未來的人。

以及……別無他人、無可取代、唯一的存在。

小夏是我的全部。

從伊豆旅行回來後一週的某天，小夏邀我出門：

「小透，你今天有空嗎？」

「今天？應該有空。」

今天沒有打工，也沒有其他要事。

「這樣啊，太好了。那你接下來可以陪我一下嗎？」

「可以啊，妳要去哪？」

「那就請你期待囉，到目的地之前都是祕密。」

小夏愉快地拉著我的手走出家門。

今天外頭的日照依舊強烈，感覺又是個炎熱的一天。
出門前，不經意看了玄關的牆壁一眼，月曆映入我的眼簾。
今天是七月最後一天。

❄ ❄ ❄

七月三十一日。
沒錯，我絕對不可能忘記這天發生的事情。
這天對我來說，不，對我們來說，是關係命運的一天。
為了這天，我才會對著那片藍色大海許下「願望」。
為了……小夏喪命的這天。

❄ ❄ ❄

❄ ❄ ❄ ❄

小夏帶著我前往片瀨江之島站。

天氣非常炎熱，像是要烤焦肌膚的炙熱陽光緊緊貼在皮膚上，走出一如往常鮮豔紅色的車站後，我們沿著國道往海邊方向走去。從前進的方向來看，似乎不是要到江之島本島上。途中經過沙灘，正值暑假期間，沙灘上有非常多來玩海水浴的遊客，十分熱鬧。到底有多少人呢？海水中的遊客看起來像在清洗大量馬鈴薯一樣，我在其中發現一張熟悉的臉龐。

「……？」

是那個小女孩。

身穿全白連身洋裝，像是人魚的女孩。

但她的表情和平時不同，一臉忍耐著什麼的嚴肅表情，直直盯著我們看。

發生什麼事情了嗎？我原本打算出聲喊她，但只是稍微移開眼神，她的身影已經消失在人潮中了。

「怎麼了嗎？」

「啊，沒有。」

雖然我很在意，但馬上忘掉這件事。

肯定只是剛好有什麼事情讓她心情不好而已吧，或許是自己看錯，而且今天……無論如何得完成某件事才行。然後，那一刻已經逐漸逼近了。邊看著好幾台車來往經過的國道，我又重新繃緊神經。

又走了一段路後，抵達水族館。

這是沿著國道建設，在這一帶頗具名氣的水族館。

「水族館？妳要看魚嗎？」

「別問啦、別問啦，啊，你可以從現在開始閉上眼睛嗎？」

「閉上眼睛？」

「對。」

說著與當時相同的對話，我遵從小夏的要求閉上眼睛，小夏緊緊握住我的左手：「跟著我走吧。」

黑暗中，我依賴著小夏的牽引往前走。

館內空調發揮出百分之百的效用，相當涼爽。四周傳來水的氣息，讓我湧上一股懷念感，我這才回想起，好像已經很久沒來水族館了。上次來水族館應該是小學遠足時的事情，這麼算來，已經超過十年了。睽違十數年再訪水族館，竟然閉眼前行，這也是個有趣的事情。

接下來又走了五分鐘左右。

小夏停下腳步。

「小夏？」

我出聲喊她，感覺她似乎正在做什麼準備。

然後——

「嗯，好了，睜開眼睛吧。」

我聽從小夏的指示睜開眼睛。

處於黑暗中的眼睛一時之間沒辦法適應光線，我只看見一整片白。
又過一陣子，視力才終於恢復。
「啊……」
我頓時說不出話來。
眼前這幅光景，不管何時回想起來，都只能用「鮮明強烈」來形容。
在那裡……在大型水槽中，有緩緩飄落堆積的「七月雪」。

小夏輕聲低語：
「海洋雪。浮游生物聚集起來後，邊發出白光邊緩緩飄落海底的這幅景象，被稱為在深海中降下的白雪。也因為傳說是人魚在深海中跳舞時才會飄落的雪花而被稱為『人魚之雪』，或深海之雪。」
「……」
「這就是……『七月雪』。深海在現在這個時期，就像這樣下著『七月雪』

喔。雖然沒辦法帶你看見真正的七月雪，但我聽說這邊可以重現這副景象，很早以前就提出申請，只不過，除了受到許多條件左右之外，也需要不少費用，所以花了不少時間才實現……」

「這就是『七月雪』……」

這副未曾見過的美景，靜靜地感動我心。

我們在這震撼人心的景色前駐足一段時間。

非常不可思議的感覺。

不管是被稱為人魚之淚的藍色海洋、這帶著寧靜神祕色彩的「七月雪」——海洋雪，都是浮游生物造就出來的景色。肉眼無法看見的微小生物，聚集起來後變成如此美景中的一部分。

或許這正可說是「願望」吧。

肉眼看不見的心意聚集起來，因為祈禱而互相融合，為名為「願望」的光彩創造出形狀。光彩聚集成束後，最後昇華成希望。

沒想到，小夏說的話果然是真的。

看著在水槽中靜靜落下的白雪，我如此確信。

「……」

所以我決定說出口。

我要對眼前這比任何人都來得重要的人，說出當時說不出口的話，說出深藏心中，這次絕對要說出口的話。

「小夏。」

小夏轉過頭來：

「嗯，怎麼了？」

背對海洋雪發出的光芒，熟悉的臉龐發出淡淡白色光芒。

我直直看著她圓圓的雙眼皮眼眸說：

「——我們結婚吧。」

我想，我把所有心意全投注在這句話中了吧。

「……！」

這句話讓小夏露出無比驚慌的表情。

她不斷眨著眼睛，臉龐如熱水瓶煮水般迅速染紅，小聲問我：

「欸、那個，小透……？那、那句話，是什麼意思……？」

「就是字面上的意思。我想要一直和小夏在一起、想和妳成為家人，所以……

可以和我結婚嗎？」

「啊，欸，那個……」

這是我的覺悟。

同時，也是我的決心。

這是我發誓要改變接下來應該會發生的悲慘未來，我的「願望」。

小夏頂著一張紅臉，有點恍惚地呆站原地一段時間。

接著搖搖頭打起精神，直視著我的眼睛。

小聲也確實地輕語：

「……請、請你、多多指教……」

7

幸與不幸之間，是否總是維持著平衡呢？

發生什麼好事之後，壞事就會如同嘲笑好事般發生；發生什麼壞事之後，好事就會如同彌補般從天而降。古人曾說「禍福相為表裏，如糾纆繩索相附會也。」但緊接在這份小幸福後而來的不幸，對我來說未免過於巨大。

從水族館回家的路上。

我們沿著國道並肩行走，這條國道以車流量大聞名。雖然沒有特別注意，但我讓小夏靠內側走。

那時的我，心情稍微有點低落。

終於看見「七月雪」了。

在盛夏中飄落深海的白雪，好美。小夏帶我看這無法用言語形容，震撼人心的光景。

但是，我卻沒有辦法……做出與其相符的回應。

「我們結婚吧。」

我怎樣都沒辦法說出這句話。

大概是因為如此。

我對周遭的注意力比平常來得散漫。

一開始，我只是覺得有點怪。

對向駛來的車子，好像是爆胎一樣，動作十分不安定，是有人酒駕了嗎？當我發現情況不妙時，已經來不及了。那部車蛇行大幅遠離車道，直接往我們這裡高速衝過來。我們想要閃避，但距離已經近到來不及閃避了。

沒錯──應該不足以閃避了。

「小透……！」

車子逼近的那一瞬間，我的身體「咚！」的一聲，感覺被什麼狠狠推了一把。

我的視線旋轉，熱燙柏油路粗暴摩擦我的臉頰。

一時之間無法反應到底發生什麼事情。

只是感覺周遭飄散著柏油路的焦燒味混合著汽油的噁心氣味。

我壓著暈眩的腦袋起身……此時才終於知道發生什麼事情了。

「……小夏。」

真心希望這只是一場夢。

希望這是場噩夢，只要睜開眼睛，一如往常睡在身邊的小夏就會對著我微笑。

但不管我如何猛拍自己雙頰，都無法醒過來。

眼前這幅光景，不願意告訴我只是一場夢。

「……小夏……」

我再次呼喚她的名字。

但是，她沒有回應。

在冒煙殘破的車子旁。

小夏橫躺在路上的鮮紅身影……就在那裡。

我頭好痛。

眼睛深處像是火在燒。

無法動彈。

全身只是不斷發抖，卻連一根手指也無法移動。

只有遠處響起的救護車警鈴，如同噩夢般響徹雲霄。

❄　❄

8

那之後的事情我幾乎沒有記憶。

救護車馬上抵達，我和一動也不動的小夏一起搭上車。抵達醫院後，我獨自一人在安靜、毫無生氣的走廊上等待，接著在這裡聽見小夏過世的消息。我根本不知道他們在講什麼，一切如夢境般飄緲虛無。奈奈子阿姨和重行叔叔到醫院來後，我根本無法回答他們任何問題，只記得我不斷向他們低頭道歉。

在那之後，我只有片段記憶。

鮮花裝飾的房間。

低聲啜泣的人們。

小夏滿臉笑容的遺照。

像是謊言一般吸走白煙的藍天。

身處茫然自失狀態中的我仍有辦法待在那裡，大概是多虧了仁科在旁大力協助吧。

但我的腦袋中早已一片混亂，什麼都無法思考。彷彿世界上下反轉，原本以為是地面的地方，已經變成一片不安定的泥海。

小夏不在了。

小夏已經不在這世上的任何一個地方了。

小夏已經不會站在我身邊歡笑了。

我根本無法相信這件事。

我努力讓自己相信，依舊不停流逝的這個日常生活只是個錯誤，只要我再忍耐一段時間，小夏肯定會回來，她會帶著一如往常的笑容對我說：「嗯，小透你怎麼那個表情啊？好奇怪喔。」

但是不管我等多久，都等不到這天到來。

錯誤的時間維持著它錯誤的面貌，分分秒秒靜靜流逝。

每天只有空無。

什麼都不想做。

不想吃飯、也不想睡覺，連呼吸都讓我覺得麻煩。

過著像要直接悶在房裡死去的生活，手機收到成山的來電和訊息，但我根本不想確認。我已經不只一次想過「乾脆和小夏一起走還比較輕鬆吧」。

在失去小夏的房間裡，在她留下的東西包圍中，我讓自己深深地埋沒在回憶之中。

每天早晨都一起用這個馬克杯喝咖啡；掛在玄關的鑰匙圈是我們在伊豆旅行時買回來的紀念品；桌子上的相框中，有小夏笑容滿面的身影。我攀住早已無法觸及的過去，努力讓自己維持正常。

到底過了多久這樣的時間呢？

當我回神時，溫暖的季節早已結束，窗外的樹木已經開始染上顏色。

——真的是很偶然才會找到那個。

應該是我在房間的各個角落尋找小夏的片段回憶，無意間拿起她喜愛的書籍時的事情吧。

「……？」

我發現裡面夾著一張紙條。

這是什麼啊？

思緒還沒整理好的我直接打開紙條。

那上面寫著的……是她的心意。

「小透，謝謝你總是陪在我身邊」

那確實是小夏的字跡。

她用帶著圓潤感的字跡，細心寫下這行字。

而且不只一、兩張。

一開始翻找後，陸續找到其他紙條。

「和小透在一起的每一天都過得非常開心。真希望這樣的日子可以一直、一直持續下去」

「鎌倉煙火大會那天真的很棒呢，煙火當然也很美……還有，讓我有點心跳加速了」

「我喜歡小透泡的咖啡」

「小透總是和我爸媽處得很好，好開心喔」

「謝謝你之前幫我洗碗」

「我最喜歡總是用心對待身邊一切的小透」

書頁間、櫥櫃的隙縫、衣櫃衣服的口袋裡、衣櫥抽屜的深處。房間裡的各個角落中，夾著寫下日常感謝心情的紙條。

——啊，原來是這樣，那時小夏偷偷摸摸在做的就是這個啊。

某個和仁科喝完酒回家的晚上，小夏讓我感受到的不協調感。

那是因為她將這些……這好幾張的心意，偷偷藏起來的關係。

小夏是個喜歡這類惡作劇的女孩。

她肯定打算在我發現時，用著些許害羞又得意的表情坦言一切吧。

我無法再忍受了。

從小夏留下的隻字片語，滿溢出她的深意，讓我再也無法忍受了。

接著，最後找到的紙條，讓我不禁發顫。

「不管我發生任何意外……小透，你都要活下去喔」

她為什麼會寫下這句話呢？

是早已預測自己會發生什麼意外嗎？還是只是偶然呢？

不管怎樣都無所謂。

情緒從我胸口深處湧出，讓我無法忍受。好想見她、我好想要見小夏。

但是不管我怎樣大喊，我殷切盼望的她都沒有出現。

房間裡，只有無限的寂靜與黑暗。

我哭不出來。

因為覺得只要我一哭，就等於承認這一切都是真的。

承認她已經不在了、承認她為了保護我而死了、承認再也見不到她了。

「嗚……嗚哇啊啊啊啊啊啊啊啊啊啊……！」

目前我唯一能做的事情，就是緊緊抓住她心意的碎片，發出早已不成聲的哭喊而已。

❄ ❄

❄ ❄ ❄

我再也不要經歷那種回憶。

再也不想經歷身心要被撕裂成碎片的回憶。

所以——

我這一次一定要保護她才行。

這就是我的「願望」。
我就是為了此日此刻，才又重新度過一次我和小夏之間的時光。

❄ ❄ ❄

9

❄ ❄ ❄

蛇行的車闖入我的視線內。
彷彿是輛酒駕車，車子的行進動作左右搖擺、相當不安定，旁邊車輛的喇叭聲此起彼落，那輛車直直朝著我們逼近。和那時完全相同。為了慎重起見，我還選擇和當時不同的路線回家，但這種小小的改變，似乎沒有辦法改變命運。

但是，這種程度的事情我早已做好覺悟。

我知道她會挺身護我。

我也知道那輛車會朝著我們衝過來。

那麼……只要在那之前讓她到安全的地方避難就好了。

我已經在夢境中經歷過無數次當時的事情了。

如同噩夢般朝我們衝過來的車子、為了保護我而推我一把的小夏、刺鼻的汽油臭味，以及……像是開玩笑般倒臥在血泊中的小夏。

我許下希望能避開當時那場悲劇的「願望」……接著，像這樣重新與小夏再次邂逅。

我感覺，實現願望的這天總算到來了。

小夏。

無人能取代，我最深愛的人。

不想要再次失去的重要存在。

各種回憶在我腦海中甦醒。

兩人一起尋寶的事情。
在由比濱海岸告白後進而交往的事情。
同居後第一次吵架時的事情。
煙火大會時並肩看煙火時的事情。
在旅行中，彼此心意互通的事情。
以及兩人一起……觀賞「七月雪」的事情。
每段回憶都是我無可取代的寶物。
如果是為了要守護這個寶物、為了要編織與小夏的未來，不管重來幾次，我都要保護她。
所以。
拜託請讓我們——讓我們抓住可以一同歡笑的未來吧……！
把所有的想法全灌注其中，用力抓住小夏的右手。
「小夏！」
「什麼……？」

我抓住小夏的手，強硬拉著她到遠離國道的寬闊空間，因為力道太猛，我們兩人跌在路上，小夏小小的身軀縮在我的懷中。

那輛車用著驚人的速度衝向我們兩人原本所在的位置，原本應該在把我們捲入車禍後停止的車輛，直接撞上行道樹，接著因為反作用力翻倒在路上。玻璃窗破裂，黑色車體也受到嚴重擠壓，我朝駕駛座一看，駕駛似乎失去意識了，但至少還活著。

「啊……」

在我身邊的小夏發出小聲呻吟。

小夏毫髮無傷，雖然跌倒時弄髒衣服，但是平安無事。車禍事故還是發生了，但我們似乎已經避開最糟糕的發展了，我終於救到小夏了。

我的「願望」……實現了。

我忍不住說出口：「……太……太好了……」

全身力氣瞬間抽乾，彷彿失去靈魂，當場跌坐在地上。我也覺得自己很丟臉，但是，完成該做事情的安心感充滿我的心胸。我終於做到了，成功守住我和小夏的未來了……！

為了確認我順利保護住她了，我開口喊出重要之人的名字：

「小夏……！」

「……」

「……？」

為什麼？

小夏臉色蒼白，幾乎可說是毫無血色。

我一開始還以為她只是被發生在眼前的事故嚇到，以為她只是還沒從車子朝我們衝撞過來的驚嚇中反應過來。

但是，並非如此。

小夏搖搖晃晃地遠離我，接著用盡全身力氣說：

「……為什麼……」

「？」

「你為什麼要護著我……！」

「欸……？」

那是我想也沒想過的一句話。

「這樣不行……不可以這樣啊……！好不容易……我好不容易許下『願望』重新來過一遍的啊！我還以為，我可以改變命運，可以不讓小透為了保護我而死掉的啊……！我只要小透活著就好！不管我會怎樣，都得要留下小透的未來才行啊……」

我聽不懂小夏在說什麼。

重來……？改變命運……？

我只知道，我似乎搞砸了什麼事情。

有個巨大的黑影闖進我的眼角。

是一輛大卡車。為了要閃開翻倒的車輛而失去控制，彷彿像被什麼吸引，直接往我的方向衝過來。

我直覺理解一切了。

——啊，原來是這樣啊，「願望」是需要付出代價的。

這世界上根本不存在不需要付出任何代價就能實現的願望。

我回想起人魚的故事。那個故事中，漁夫最後雖然沒有受傷，但代替他被木材壓住的是他弟弟的船，他弟弟也因此再也沒辦法出海捕魚，過著辛苦的餘生。

也就是這麼一回事。

我的「願望」是拯救小夏的生命，那麼，與其對等的代價就是——

「……」

啊，但就算是這樣也沒有關係。

小夏得救了。

或許我們沒有辦法牽手相伴一生，但我守住她的未來了，我的「願望」實現了，這就足夠了。

「小透……！」

小夏大喊，衝過來想要保護我，但很幸運，她沒有趕上。

我滿足地閉上眼睛，靜靜接受近在眼前的死亡命運。

此時，我感覺眼角似乎看見一個全白的東西。

❄ ❄ ❄

間章② 「編織成夏」

❄❄❄❄

我直覺，那一刻來臨了。

和我得到的資訊相同，在同一個地點、同一個時間發生的交通事故。

我的眼前有一輛翻倒的車輛，旁邊有兩個人一臉認真地在講些什麼……以及，一輛駛近他們兩人的卡車。

我拖著右腳開始向前奔跑。

我為了在今日此刻救下那個人，而許下「願望」。

聽說水原家有人魚的血統。

我不知道是真是假，據說是民間傳說中人魚和漁夫結婚後生下的後代。媽媽說她很早以前從自己的祖母那邊聽說過這件事情。那麼，我的「願望」……肯定能被遠在藍色大海那頭的人魚聽見。

數個夏天流轉。

編織出了數個夏天。

我看見了先前未曾所知的，那些人們以前的模樣。

我喜歡夏天。

除了自己的名字中有「夏」之外，這也是我一年之中最期待的季節。湛藍青空、從天灑下的炫目陽光、夜晚的柔軟空氣。但我總覺得，有哪裡不充足。

所以，我才會奔跑。

為了守護我們的未來。

為了迎接一家人可以一同歡笑的——新夏天。

我大聲呼喊。

「——……拔……！」

❄❄❄❄

❄ ❄ ❄ ❄

當我做好覺悟，閉上眼睛迎接近在眼前的死亡時，就在此時——

感覺在黑暗當中，聽見什麼聲音。

溫暖、讓人懷念，從哪裡呼喚我的聲音。

「——……拔……！」

聽到呼喊聲的同時，我的身體突然被什麼撞飛。

我的意識從黑暗中被拉上來。

雖然是輕輕一撞，卻已足夠讓我遠離卡車的行進路線。

我一瞬間無法理解發生什麼事情。

如同慢動作一般映入我眼中的是那個全白的女孩。

我看見女孩的臉。
女孩笑了。
那是個非常滿足的笑容。
那個表情和小夏，
以及，
和小時候救了我一命的——人魚十分相似。

❄ ❄ ❄ ❄

終章

❄❄❄❄

突然驚醒時，已經過了很長一段時間。

身邊一片黑暗，前一刻彷彿童話世界般發出藍光的大海，已經完全沉寂了。

為了很重要的事情，我再度回到度過高三到大學畢業這五年時光的鎌倉，因為還有一點時間，所以我來到留下許多回憶的由比濱海岸，似乎在不知不覺中在海灘上睡著了。

總覺得像是做了一個很長的夢。

夢中，我重複經歷了過去的夏天。遇見小夏、愛上她，接著和她兩情相悅。明明只是小睡一段時間，卻感覺在夢中度過了好幾年的歲月。邯鄲之夢。聽說人在夢中也能經歷超過一生份量的經驗。我的夢，大概也是那類的東西吧。

突然，放在口袋中的手機發出震動。

我慌張取出掛著打扮成紅金眼鯛的吉祥物吊飾的手機。

是醫院打來的電話。

「喂，您好……欸，是真的嗎！好，我現在馬上過去……！」

這個通知，就是我回到這個城市的理由。

我慌張跑上國道攔下計程車，趕往醫院。

岳父和岳母已經在山丘上的醫院裡等待了。

一看見我的身影，立刻用力揮手叫我的名字。

「對不起，我來太晚了……！」

「不打緊，還沒有那麼快。」

岳母要上氣不接下氣的我冷靜一下，岳父只是看著我靜靜點頭。

在護士的引導下，我快步走在醫院裡。

前往的目的地是——產房。

小夏就在裡頭，額上冒出大滴汗珠躺在床上。

「小夏……」

「我沒問題……別擔心。」

「但是……」

「再等一下……我一定、一定會生出一個健康寶寶。」

她說完後咧嘴一笑，我緊緊握了小夏的手一下後，走出產房外。

沒錯。

再過不久……小夏和我的孩子就要出生了。

那時——差點要被卡車衝撞的我，在千鈞一髮之際獲救了。

救我的人，是那個全白的女孩。

我不知道那孩子為什麼會在那、為什麼會在那個時刻衝出來。但是救了我的人，確實是那個很像人魚的女孩。

「為什麼妳會在這……」

似乎在把我撞飛時和卡車擦撞，她的腳鮮血直流。
「沒有關係，我就是為了這件事，才會許下『願望』。」
「欸……？」
「這隻腳早在我出生以前，就已註定會變成這樣了。這是我為了實現『願望』的約定。」
我聽不懂她在說什麼。
回想起來，從一開始，和她之間的對話就是這樣。
但非常不可思議的，卻有心靈相通之感。
「欸，妳……」
「……」
「……咦？」
前一刻確實還在我眼前的女孩，卻突然消失蹤影。不能放任受傷的她不管，我在附近找了一圈，結果還是沒有找到她，她彷彿像是人魚回去大海般消失。
我非常在意她救我時大喊的那句話，那句話被疾駛而來的卡車遮掩過去，讓我聽不清楚，但那時那孩子喊出的確實是……

「應該不可能吧……」

那是不可能的事情。

但我也非常清楚，這世界上沒有不可能的事。沒錯，就像「七月雪」。

不管怎樣……我們倆都獲救了。

我和小夏都只有衣服髒了一點，身上毫髮無傷。

在那之後不久，我們登記結婚了。

因為……小夏懷孕了。

我們馬上去向重行叔叔和奈奈子阿姨報告。我抱著會被痛扁一頓的覺悟前往，

沒想到，他們兩人一臉平靜地接受這個事實。

「不知道是男生還是女生啊，好不可思議喔，我就要當奶奶了耶。」

沒想到重行叔叔反而向我低頭：

「……請讓小夏幸福。」

太過乾脆了反而讓我不安，當我反問：「把您們的女兒和孩子交給我這種人，您們不會擔心嗎？」後，他們回答：

「一點也不擔心，我們都很了解小透，呵呵，我們早已擅自把你當兒子看了，老公對吧？」

「……對，就是這樣。」

我的淚水不由得奪眶而出。

他們兩人的溫暖，把我這種人當「兒子」看的這件事，比什麼都讓我感動。第一次被人當成「家人」看待，真的讓我無比開心。

我喉頭哽咽，一句話也說不出來，他們兩人溫柔地把手放在我肩膀上，手心傳來的溫暖，漸漸滲入我的身體。

結婚典禮等到我大學畢業後才舉辦。

只有家人和親密友人參加的簡單婚禮。

重行叔叔、奈奈子阿姨和水原家要好的親戚、還有幾個高中時代的同班同學。

仁科當然也受邀在列，他一臉認真地說：「哎呀，恭喜、恭喜。對了，我來幫你們的小孩取名如何啊？就用最近的流行取名小美人魚的艾麗兒如何呢？」我當然非常慎重拒絕了。

婚禮……也有邀請我父親參加。

他一如往常對我毫無興趣，光是真的出席就讓我十分訝異了，但我還記得，當他知道小夏肚子裡有寶寶的事情時，眉角稍微動了一下。

我不知道，我們之間的關係會有怎樣的發展。

或許會產生些什麼改變，也可能完全不變。

但是，不管有怎樣的結果，我都已經做好窮盡一生來接受的覺悟了。

讓我能有這種想法的人不是別人，就是我的妻子小夏。

還記得某天，我曾和小夏聊過那場車禍的事情。

「我啊……那時候覺得好像做了很長一場夢。」

「夢？」

「嗯。車禍發生時，小透為了保護我……死掉了。我沒有辦法接受，所以就到『人魚海灘』許下『願望』，為了救小透回到過去，結果還是小透來保護我……這樣一個夢。」

「……」

聽完小夏說的話之後，我也回想起一些事情。

假設真的有多個平行世界同時存在。

以我為了保護小夏而死掉為起點，接著開始出現分歧。

小夏無法承受我過世的事實，許下自己的「願望」回到過去，因此出現小夏為了救我而死的世界。

而我也因為無法承受這個結果許下「願望」，接著出現我為了救小夏而死的世界。

接著又會因為小夏無法接受，而出現為了保護我而死的世界。

這些平行世界，會在一個封閉的圓中不斷輪迴嗎？把心意與「願望」包覆其中，在永遠無法走向未來的命運當中，永遠不停地創造世界嗎？

我不是仁科，所以不可能知道真相。

但如果真是如此，那個女孩到底是誰呢？

強行突破這個封閉迴圈的女孩是誰？

那個救了我們兩人之後便消失身影，面容讓人熟悉，如人魚般的女孩是誰？

「當時的女孩……我也覺得好像很熟悉。」

小夏像是感到懷念地瞇起眼睛說：

「有種好像在哪裡見過、接下來會在哪裡見面的不可思議感。這是為什麼呢？

明明是第一次和她見面耶……」

「我也不清楚，但我也有相同感覺。」

「對吧，該怎麼說呢……」

小夏停頓一下，接著看著我的臉，露出有點惡作劇的笑容說：

「總覺得她和小透有點像呢。」

「像我？」

「嗯，不只是外表，還有她說話時會低下頭，讓人覺得有點冷淡的地方也是……還有，她的眼神和你一樣溫柔。」

「欸……」

小夏瞇眼而笑：

「所以才會讓我感到有點懷念吧，因為她和我最喜歡的人很像。」

聽到這話，我也只能默默舉白旗了。

聽見產房傳來精力充沛的哭泣聲，我回過神來。

助產士前來叫我，我跟著她進產房。

身材福態的助產士懷中抱著有精神大哭的小寶寶對我說：

「三千五百二十七公克，是個很健康的小女生喔。」

我忍不住發出驚嘆。

我覺得小寶寶的身影散發著光輝。

眼前這小小的生命之光，彷彿像是奇蹟一般。
不，不對。
這孩子是「願望」。
她是我、小夏和許多人「願望」的結晶，是因此誕生在這世上的重要存在。
我把愛女抱入懷中。
那小小的身體幾乎沒有重量，感覺只要稍微疏忽，她就要生出翅膀飛走了。
「小夏……謝謝妳。」
「別謝，比起這個，你叫叫她的名字吧。」
我早已經和小夏決定好取什麼名字了。
「夏織」。
編織夏天，夏織。
夏天發生了許多事情。
正因為我們對夏天有特別的回憶，所以想把這份回憶分給孩子，當然，也包含從小夏的名字取一個字為孩子取名的意義。

「夏織。」

我用她的名呼喚這剛出生的小生命。

像是回應我的呼喚，我的女兒夏織緊緊握住我的手指。

溫暖又柔軟，那個觸感慢慢滲入我的心胸。

彷彿夏天就在我懷中。

我在心裡下定決心，不管發生什麼事情，我都要保護這小小的夏天。

只是……日後發現了一件事。

剛出生的孩子，右腳有一點問題，醫師說是原因不明的先天性問題。只不過並非無法治療，應該會隨著年齡增長而逐漸好轉，這句話讓我們稍微鬆了一口氣。

夏織在我懷中甜甜沉睡。

真不可思議，剛剛明明還像野火燎原般瘋狂哭泣啊。小夏則在一旁溫柔地注視著我和夏織。

這孩子將來長大後，或許會遇到煩惱吧。

可能會碰上什麼巨大難關，可能有天，她會因為知道這世界有自己無能為力的事情，有絕對不可能的事情而大受打擊。

到那時，也帶這孩子去看吧。

小夏帶我去看的，讓我深受感動的那幅光景。

那場「七月雪」。

「——將來有天，我會帶妳去看『七月雪』。」

包住她回握我的小手，我在心中如此發誓。

❄ ❄ ❄ ❄

回想起來，是哪時從媽媽口中聽見「人魚海灘」的傳說呢？

媽媽非常喜歡這個故事，在我還小時，已經聽她說過無數次，所以我也記不得她是哪時第一次說這個故事了。

可以實現「願望」的藍色海灘與人魚的故事。

但在聽見這個故事時，我已經決定了。

我的「願望」早已決定了。

我想要救爸爸。

我想要認識爸爸，想要認識他之後、救他一命。

我不認識爸爸。

雖然看過他的照片和影片，卻沒有見過面，因為他在我出生之前已經死於車禍了。

所以我才想要知道。

想知道他是怎樣和媽媽相遇、怎樣開始相戀、怎樣愛上媽媽，以及我為什麼會出生。

想知道他們是用怎樣的心情……去看「七月雪」。

媽媽許下「願望」後，又被爸爸的「願望」改寫，心意與「願望」開始形成一個沒有結局的迴圈，我的「願望」，就是讓這個命運可以出現結局，為了讓封閉的迴圈出現新的可能性。當我和仁科叔叔說我的想法時，他說了這代表將平行世界收斂合一……之類的話，但老實說，我不太了解他的意思。

「人魚海灘」的傳說是真的。

藍色之夜。

在大海如童話世界被藍光包圍的那個夜晚，大海聽見我的「願望」了。

——請讓我和爸爸見面、請讓我認識爸爸、讓我救他。

當我發現時，我已經回到我出生的好多年前了。一開始，我見到還是小孩子的爸爸，在爸爸差點溺水時救了他一命。雖然我的腳不方便，但我很擅長游泳。接著又過了好多個夏天，在那裡，還是高中生的爸媽很普通地生活著。我遠遠看著他們兩人相遇、相戀、心意互通。因為仁科叔叔曾經告訴我時間悖論?之類的理論，讓我知道和他們頻繁接觸不好，也盡量避免直接和他們說話。但是我偶爾還是會忍不住跑去和爸爸說話。

本來……爸爸應該會死於車禍。車禍發生時，爸爸雖然立刻推開媽媽，卻沒有避開車子。爸爸救了媽媽之後卻命喪輪下，但是媽媽沒有辦法接受這個結果。

所以才會許下「願望」。

為了要救爸爸一命，她重新度過一次和爸爸共度的夏天。但是，實現「願望」需要付出代價，這一次換成媽媽救了爸爸之後死於車禍中。

而爸爸也沒有辦法接受這個現實，他拒絕沒有媽媽的未來，許下「願望」，結果就是再次為了救媽媽而喪命。

我想，對他們兩人來說，彼此都是無可取代的重要存在，沒錯，甚至比自己還重要。

這樣下去，他們兩人的「願望」會形成一個封閉迴圈，讓悲劇不斷重演。

還以為他們的夏天會不斷重來。

但是卻沒有那樣發展。
因為——我出生了。
「願望」的結果，是原本不會誕生在這世上的我得到生命。
如果是這樣，我許下「願望」也是必然。
因為媽媽曾告訴我車禍發生的地點和時間，所以我想我能出現在那裡，同時也能救爸爸一命。
但是那時，我的右腳肯定會受重傷吧。
我的右腳天生就有問題，這其實是「果」搶先出現在「因」之前，是我要實現「願望」的代價。
如果這點代價、如果我的右腳足以換取爸爸的性命，不管重來幾次我都願意承受。
這是立下約定的傷痕。
是我確實救了爸爸一命的證據。
我如此確信，接著，要前往那個地點。

前往爸爸、媽媽曾經互相救對方一命的那個地點。
為了將來有天——全家人能一起看「七月雪」。

end

後記

初次見面，或者是大家好，我是五十嵐雄策。

謝謝大家拿起這本《與你相約在未來的七月雪》。

這一次是關於願望的故事。以七月的鎌倉為舞台，一對男女為了彼此許下願望，共度夏日時光的故事。感覺我在MediaWorks文庫總是寫夏天的故事，我個人很喜歡夏天。雖然不太耐熱，但我非常喜歡夏天那特殊的氛圍……空氣輪廓特別鮮明的那種感覺。海水浴、夏日祭典、海釣等等，我也很喜歡夏日活動很多這點。

這是一個發生於夏天，有點不可思議的故事。如書名所示，「七月雪」也是關鍵詞之一，希望大家都能看得開心。

以下請容我表述謝辭。

責任編輯的和田編輯、三木編輯、平井編輯，一直以來非常感謝您們。

負責繪製本書封面的 sime 老師，謝謝您繼前作《七日間的幽靈，第八日的女友》之後，又繪製了如此出色的封面。我非常喜歡這種有透明感的插畫，不管怎麼看都看不膩。

接著，我要對拿起本書的所有讀者們致上最大謝意。

那麼，希望將來還有機會和大家見面——

二〇一七年九月　五十嵐雄策

國家圖書館出版品預行編目資料

與你相約在未來的七月雪 / 五十嵐雄策作；林于楟譯. -- 初版. -- 臺北市：臺灣角川，2018.07
面； 公分. --（角川輕.文學）

譯自：いつかきみに七月の雪を見せてあげる
ISBN 978-957-564-342-3（平裝）

861.57 107008435

輕文學 Light Literature

與你相約在未來的七月雪

原著名＊いつかきみに七月の雪を見せてあげる

作　　者＊五十嵐雄策
插　　畫＊sime
譯　　者＊林于楟

2018年7月25日　初版第1刷發行

發 行 人＊岩崎剛人
總 經 理＊楊淑媄
資深總監＊許嘉鴻
總 編 輯＊呂慧君
美術設計＊吳佳昫
印　　務＊李明修（主任）、黎宇凡、潘尚琪

台灣角川

發 行 所＊台灣角川股份有限公司
地　　址＊105台北市光復北路11巷44號5樓
電　　話＊（02）2747-2433
傳　　真＊（02）2747-2558
網　　址＊http://www.kadokawa.com.tw
劃撥帳戶＊台灣角川股份有限公司
劃撥帳號＊19487412
法律顧問＊寰瀛法律事務所
製　　版＊尚騰印刷事業有限公司
I S B N＊978-957-564-342-3

香港代理＊香港角川有限公司
地　　址＊香港新界葵涌興芳路223號新都會廣場第2座17樓1701-02A室
電　　話＊（852）3653-2888